# A esperança por um fio



MENALTON BRAFF

*Ilustradora:* LÚCIA BRANDÃO

editora ática

O texto ficcional desta obra é o mesmo das edições anteriores

*A esperança por um fio*



DIRETOR EDITORIAL · Fernando Paixão
EDITORA · Gabriela Dias
EDITORES ASSISTENTES · Maria Elza M. Teixeira e Fabricio Waltrick
APOIO DE REDAÇÃO · Pólen Editorial e Kelly Mayumi Ishida
PREPARADORA · Baby Siqueira
COORDENADORA DE REVISÃO · Ivany Picasso Batista
REVISORAS · Luciene Lima e Márcia Nóboa Leme

**ARTE**
PROJETO GRÁFICO · Tecnopop
EDIÇÃO · Cintia Maria da Silva
DIAGRAMAÇÃO · Ana Paula Fujita
EDITORAÇÃO ELETRÔNICA · Estúdio O.L.M. e Exata

CIP-BRASIL. CATALOGAÇÃO NA FONTE
SINDICATO NACIONAL DOS EDITORES DE LIVROS · RJ

B791e
2.ed.

Braff, Menalton, 1938-
A esperança por um fio / Menalton Braff ; ilustrações Lúcia Brandão. - 2.ed., - São Paulo : Ática, 2008
136p. ; il. - (Sinal Aberto)

Apêndice
Inclui bibliografia
Contém suplemento de leitura
ISBN 978-85-08-10906-7

1. Criança e morte - Literatura infantojuvenil. I. Brandão, Lúcia, 1959-. II. Título. III. Série.

06-3320. CDD 028.5
CDU 087.5

ISBN 978 85 08 10906-7 (aluno)
ISBN 978 85 08 10907-4 (professor)
Código da obra: 735409
CAE: 212411 AL

2025
2ª edição, 7ª impressão
Impressão e acabamento:
Log&Print Gráfica, Dados Variáveis e Logística S.A.
OP: 286639


Av. Otaviano Alves de Lima, 4400 – CEP 02909-900 – São Paulo, SP
Atendimento ao cliente: 4003-3061 – atendimento@atica.com.br
www.atica.com.br

# Escolhas e destinos

Vendo tudo passar **pela janela**, sacolejando com o caminhão, Artur ia pensando em como ficaria sua vida dali em diante. Largara tudo: casa, amigos, amor, futebol, para ir viver em uma cidade pequena, cheia de **gente desconhecida**. E o que era ainda pior, estava dominado por um sentimento de culpa. Abandonara o pai sozinho, inconsciente, numa cama de hospital, sem previsão de melhora. Se ele soubesse o que o esperava, talvez tivesse voltado. Escondido atrás do medo, era um adolescente assustado. Como não podia mesmo **adivinhar o futuro**, ia em frente. Não tinha **escolha**.

Mas o tempo o faz amadurecer. Artur cresce, assim como **o desejo e o amor** que sente por Marília, como o ressentimento que tem pela mãe, como a certeza de que sem trabalhar não há como **continuar vivo**. O pai, o grande amigo, sustento da casa, agora é só uma sombra de gente, calada, imóvel, longínqua. Artur está sozinho. E é assim que precisa **enfrentar o mundo**.

De onde tirar forças ele não sabe, mas tira. Entre desejos, frustrações e descobertas, ele conquista o direito à esperança. Por um fio, mas esperança. E é com esse fio que Artur começa, valentemente, a **tecer a vida**.

No final do livro, em uma entrevista exclusiva, o autor Menalton Braff conta como construiu esta história comovente, de conquistas pequenas e diárias que transformam a vida de um jovem surpreendido pelo destino.

**Não perca!**

- *A história de um adolescente que vê sua vida virar do avesso com a doença do pai.*
- *O amadurecimento que surge diante de novas responsabilidades.*

# Sumário

*Meus agradecimentos aos médicos*
*Dr. João Roberto Antônio, Dr. Sérgio Matta,*
*Dr. Alcyr Barbin Filho e Dr. Milton Braff,*
*de cujos conhecimentos muitas vezes me vali.*

*Para*
*Ignácio de Loyola Brandão*

*Porque cada vez que chegamos vivos ao fim do dia é uma vitória.*

Ignácio de Loyola Brandão

# 1
# E agora?

Faz mais de duas horas que estou aqui sentado, nesta sala abafada e deserta. Sem movimento algum, parado em mim, embrutecido, com esta minha cara de palerma latejando. Desde hoje cedo submergi num pesadelo de que não consigo acordar. Faz mais de duas horas que respiro este ar insuportável que me arranha a pele e o esôfago, com aquela raiva doentia que só medra em recintos de horror. A mancha de sol que encontrei estatelada aí ao lado da mesinha já se arrastou pelos tacos do assoalho e escalou a parede, sumiu. Sinto que a sala me estranha, cheia de hostilidade, mas não consigo sair daqui.

— Esteja preparado, Artur, seu pai está muito mal. Amanhã vamos saber melhor qual o verdadeiro estado dele.

Desde que saímos do hospital, minha mãe não me dissera mais nada. Só isso. No táxi, ela enfiou os olhos na janela de seu lado e assim ficou: tesa, metálica. Mal pusemos os pés dentro de casa, ela me diz isso. *Preparado*. Por que preparado? Não entendo de imediato o que ela quer dizer com esse negócio de preparado. Não estou bem. Sei que não estou bem. Por isso ela quer que eu me prepare. Mas que me prepare pra quê?

As palavras dançam algum tempo ante meus olhos: preparado, amanhã, verdadeiro estado. Vazias e sem cor. O esforço para entender o que acontece à minha volta me provoca náuseas, me deixa atônito. Não consigo firmar os pés no fundo e a maré me arrasta.

Nem bem me fez aquela advertência, que de início me pareceu ilógica, ela desapareceu para o interior da casa, voltando pouco depois, já de roupa caseira. Sempre daquele jeito: seca, metálica. Sua vida volta à rotina diária. Não lhe importa o fato de que acabamos de deixar meu pai em coma no hospital, com um aneurisma rompido. Ela não cede, não fraqueja. Odeio o modo como minha mãe demonstra insensibilidade. Odeio essa força dela.

Ouço o barulho que ela faz por onde passa, em suas lides da casa. De vez em quando, abre uma fresta na cortina e me espiona, querendo saber. São esses momentos que me restituem as ligações com o ambiente, que me lembram o drama vivido por nós desde hoje bem cedo.

Agora ela está outra vez me espionando. A fresta que minha mãe abre é mínima, quase imperceptível, mas percebo um leve ondular da cortina que a denuncia. Além disso, ela se esquece de esconder os dois pés, tão expostos como em uma vitrina.

Começo a sentir dores no corpo, não sei se do tempo em que fiquei aqui parado ou se do friozinho que começa a entrar pelas janelas. Quem sabe uma gripe que vem chegando. Minha mãe desapareceu há pouco e sinto o cheiro do alho que vem da cozinha. O chiado de alguma coisa caindo na frigideira me causa engulhos. Como pode alguém pensar em comida numa hora dessas?

O interior da sala começa a desaparecer nas sombras e a diluição das formas, principalmente das mais hostis, como aquele vaso de flores roxas de cera, ali sobre a mesa, me relaxa um pouco. Parece que descansando as vistas vou me sentir melhor. Não posso esquecer de vestir um agasalho, porque este início de noite está bem frio. Acho que estou muito cansado, também.

Mas o que será que ela quis dizer com preparado? Eu, preparado? Preparado pra quê? Minha mãe, por acaso, está sugerindo... Meu Deus, não consigo entender o que seja uma tragédia. Não posso continuar aqui sentado, enxotando fantasmas. Preciso movimentar estas pernas pesadas. Andar um pouco me faria bem. Mas é como se eu não comandasse meu corpo, nem talvez minha vontade.

Faz bastante tempo que não ouço mais os ruídos de minha mãe pela casa. Ela também parou de me espionar. Claro, no escuro, como estou, não adiantaria nada.

A cortina move-se bruscamente e ouço o convite que ela me faz, com sua voz seca e firme:

— Vem, Artur. Vamos jantar.

Penso em recusar o convite, fome nenhuma. É uma oportunidade, no entanto, de sair deste torpor. Levanto e a acompanho até a cozinha. O cheiro de alho torna-se ainda mais forte. Me parece que ela preparou macarrão alho e óleo para o jantar.

Minha vista se ofusca, quando entro na cozinha: muito tempo no escuro. Ainda com os olhos espremidos e a testa enrugada, ocupo meu lugar à mesa. Sem dizer nada, minha mãe serve meu prato e me estende, como geralmente faz. Só então percebo à minha esquerda a cadeira vazia. Fico imobilizado, um nó apertando minha garganta, uma sensação de frio subindo desde os pés.

— Você tem que reagir — ela me diz quando nota que não reajo. — Não pode ficar assim.

Ontem à noite, eram dez e meia, mais ou menos, meu pai me disse:

— Vou dormir, filhote. Amanhã a gente termina de colar esta fuselagem. Tudo bem? Acho que a pressão não anda boa, porque estou sentindo um pouco de dor de cabeça.

Foi a última coisa que ele me disse. Fazia uns quinze dias que ele vinha me ajudando a montar meu primeiro aeromodelo e faltava bem pouco para terminar, mas o modo com que ele me despenteou com a mão direita e em seguida o beijo que me deu na testa não me deixaram insistir.

Hoje de manhã, acordei com os gritos de minha mãe que me chamava.

— Artur, corre aqui — ela dizia. — Depressa, menino. Seu pai está passando mal.

Quando cheguei ao quarto dos dois, ainda ouvi a sororoca emitida pela garganta do meu pai, como se ele estivesse morrendo. Já estava em coma.

— Mãe, ele está morrendo! — gritei, horrorizado.

Ela estava apenas reclinada na cama e tentava amparar o corpo de meu pai, com medo de que aquela sororoca o afogasse.

A uma ordem dela, saí correndo no escuro, à cata do telefone.

— Vai — ela ordenou —, vê se chama alguém, pelo amor de Deus.

Tropecei na mesinha de centro, na sala, caí, mas a tensão era tamanha que me levantei como se tivesse virado mola. E o maldito telefone, onde é que poderia estar escondido? Depois de muitos tropeções, dos pés e das mãos, meus dedos nervosos o encontraram. Mas ligar pra quem?, pensei, em pânico. Eu não tinha ideia de quem é que poderia socorrer-nos

numa hora daquelas. Era uma situação inteiramente nova, inesperada, e a sensação de inutilidade e impotência me fez chorar. Não atinava com o que fazer quando ela chegou por trás de mim.

— Dá isso aqui! — disse, decidida.

E foi como se tivesse dito: Você é um imprestável mesmo, deixa que eu chamo o socorro. "Imprestável" foi um som que não ouvi, mas que rebateu por dentro de minha cabeça como uma microfonia em volume infernal.

Tomou o telefone de minha mão e começou a discar. Então me senti salvo porque ela também hesitou, sem saber para quem apelar.

— Corre, Artur, vai chamar seu Vitorino. Mas ande, meu filho!

Seu Vitorino foi quem nos levou até o hospital. Voando, eu acho. Fiquei enterrado no banco da frente, com medo de olhar pra trás, onde minha mãe levava meu pai praticamente no colo, e descobrir meu pai morto. A sororoca tinha passado e ele parecia mais calmo, mas não se movia, o que me aterrorizava.

O vizinho se desculpou, dizendo que tinha de ir para o trabalho, mas que se a gente precisasse de alguma coisa, etecétera e tal.

Minha mãe de vez em quando sumia por uns corredores e tempos depois voltava muda como tinha saído. Não me dizia nada. Eu não me arredava daquele saguão frio, enterrado em uma daquelas poltronas, me protegendo do vento úmido que entrava pela porta. Assim passamos a manhã e bom pedaço da tarde.

Na última vez que minha mãe se embarafustou por um daqueles corredores, criei coragem e fui atrás. Em seguida ela encontrou um médico e consegui ouvir parte do que ele lhe disse. Nem tudo entendi, mas sei que tomografia é um tipo de exame e que aneurisma é uma doença muito grave. Foi isso que arrebentou na cabeça de meu pai, como ele explicou. Odeio esse aneurisma. Não sei direito o que é, mas desde já e para todo o sempre odeio esse aneurisma, odeio qualquer aneurisma em qualquer parte do mundo.

— Tem que reagir — ela repete, ríspida.

E a cadeira gruda na minha retina, me paralisa.

— Artur — ela grita como um trovão furioso —, você está me ouvindo?

Pisco e sacudo a cabeça antes de encará-la, um gosto amargo na boca, um frio nas extremidades dos membros.

— Mãe — eu tento dizer alguma coisa, mas não atino com o quê.

— E vê se tira este boné da cabeça, menino. Quantas vezes é preciso dizer que à mesa não se usa nada na cabeça?

Parece que o sangue volta a circular e o frio diminui. O mundo começa a fazer sentido.

Levanto-me sem dizer nada e arrasto para o quarto o medo e a raiva, esta tristeza sem tamanho, muito maior do que eu.

# 2
# Morrendo de saudade

— Então, Artur — minha mãe, quase sem me olhar, parada à minha frente —, agora precisamos ver o que podemos fazer da nossa vida.

Aquilo dito como se estivéssemos resolvendo em que escola eu faço matrícula ou com que vestido ela vai ao casamento da prima. O que podemos fazer da nossa vida. Desse jeito. Mal botamos os pés dentro de casa, primeira coisa que disse. E disse aquilo como se fosse uma coisa em que viesse pensando o caminho todo. Disse e virou as costas para desaparecer pela porta de seu quarto. Em dois tempos estava trocada, preparando, na cozinha, nosso almoço. Sempre correta. Exata como o teorema de Pitágoras. E que posso eu dizer sobre nossa vida, se até hoje me ocupei de verbos e teoremas e mal dou conta de saber que o carbono é diferente do oxigênio? Sei que existem umas complicações de dinheiro, algumas questões pendentes, uma briga com o convênio, que se recusa a pagar tudo, não sei quanta complicação mais. Nunca me envolvi nos problemas dos dois. Até por uma questão de discrição, por não gostar de ser enxerido. Acho que não estou preparado para saber o que podemos fazer de nossa vida.

Fiquei sabendo de algumas coisas no hospital. Não sei se devo ficar apavorado com o que ouvi ou se é razão para ter esperanças.

Quando chegamos hoje cedo ao hospital, o médico chamou minha mãe até sua sala e dessa vez não dei bobeira: me mandei atrás.

Depois de uma porção de rodeios, ele ali, com aquela conversa sobre meu pai, levantou-se e ficou de pé bem na nossa frente. Antes de falar, no entanto, ele parecia um pouco atrapalhado com a minha presença. Olhava pra mim, então olhava pra minha mãe, como quem diz e daí, o garotão não é muito criança pra ouvir conversa de gente grande? Minha mãe não se tocava, por isso eu mesmo que pedi:

— Pode falar a verdade, doutor. Nós precisamos saber.

Os dois pareceram ter ficado surpresos com minha intervenção, mas não me deram muita bola e começaram a conversar como se eu não existisse, como se eu não fosse o filho do homem de quem estavam falando.

— Uma cirurgia como esta, dona Alice, ainda não pode ser feita. A senhora me entende? O quadro precisa ficar mais claro. Existe um coágulo, mas ainda não nos foi possível determinar se a área onde está localizado aceita uma cirurgia, compreende? O coma é profundo, houve hemorragia, mas a situação por enquanto está estabilizada. Seu marido precisa ficar em observação por mais tempo, pra que a gente possa ter certeza. A senhora entende? Uma cirurgia, no estado em que ele se encontra, dá muito pouca esperança de sobrevivência. Não sei se a senhora me entende.

— Claro, doutor. Perfeitamente. Mas existe outra alternativa?

Ele sacudiu a cabeça, negativamente.

— Não. Nenhuma, minha senhora. No caso dele não há. O coma pode evoluir nas próximas horas, podem surgir outros sangramentos e além disso precisamos de outros exames antes de decidir pela cirurgia. Não sei se a senhora entende, mas uma artéria craniana de seu marido sofreu uma saculação, que pode ter causado as dores de cabeça que a senhora nos relatou ontem. No início, era provavelmente apenas uma isquemia provocada pelo arrolhamento do bulbo, entende? Há duas noites, entretanto, por alguma razão qualquer, acreditamos que por hipertensão, houve um processo hemorrágico extremamente perigoso. O coma foi provocado por essa hemorragia e não sabemos até que ponto as células cerebrais foram agredidas por esse processo. Precisamos de outra tomografia, já solicitei uma angiografia, exames de sangue e outros exames, que vão ser feitos ainda hoje, porque, enfim, é disso que depende o futuro de seu marido. É impossível ter qualquer certeza. Pelo menos por enquanto.

A conversa do médico já começava a me sufocar. Acho que sua intenção, na verdade, era muito mais encher-nos de medo do que explicar qualquer coisa. Então ele fez uma pausa e tinha no rosto uma expressão que me pareceu mesmo de grande pesar. Isso me deixou trêmulo. Eu já sabia que o estado do meu pai era grave, mas nunca tinha lidado com as vizinhanças da morte. Ele tinha que ficar na UTI, em observação, antes da cirurgia, que, mesmo feita, não era garantia de sobrevivência.

Saí da sala do médico sem sentir o corpo, sem poder pensar, sem o governo de mim. Atordoado pela conversa dos dois. Saí porque havia perto de mim um vulto, antigo, um tanto familiar, em cujo vácuo naveguei até o saguão.

Minha mãe tinha acabado de decretar:

— Eu sei, doutor, agora só podemos esperar pela providência divina.

O médico ergueu as sobrancelhas como quem diz, bom, também não é bem assim, mas não falou mais nada.

O que podemos fazer da nossa vida. Aquilo me deixou novamente meio zonzo, pois era uma situação em que jamais teria pensado: eu, Artur, regendo minha própria vida, escolhendo, determinando, decidindo. Mas não, sacudi a cabeça porque percebi o absurdo, o pesadelo que era de uma hora pra outra a minha vida mudar dessa maneira.

Quando ela veio me chamar para o almoço, já estava perto de me refazer do susto. Da nossa vida. Espero que ela saiba. Ela, que é minha mãe. Que ela saiba o que fazemos de nossas vidas. Quanto a mim, ficou tudo muito escuro à minha volta.

Almoço a dois, como aconteceu, não me perturbou como o jantar. Estou acostumado a almoçar apenas com minha mãe. Há muito tempo que é assim. O trampo de meu pai é longe e geralmente ele só volta no fim do dia. Que eu me lembre, contudo, nós nunca tínhamos jantado sozinhos, sem a companhia dele. Acho que minha mãe entendeu minha perturbação. Em geral ela não é de muita conversa, pelo menos comigo, mas agora anda exagerando.

Passou o almoço todo sem proferir palavra além dessas bem corriqueiras de me passa isso, toma aquilo. No final, eu quase me levantando, ela me falou de alguma atrapalhação com dinheiro, essas coisas de convênio que não cobre tudo. Por isso, disse que amanhã vai atrás das duas, três firmas em que meu pai trabalha. Talvez algum adiantamento de comissões, ou saldo a receber, qualquer coisa assim. Meu pai é vendedor autônomo, ele trabalha sem patrão, mas parece que outra confusão armada é essa história de INSS. Minha mãe disse que há muitos anos ele não contribui mais. Dizia que era dinheiro jogado fora. Ela disse que isso pode criar muitas dificuldades pra nós.

Falou, vestiu o avental e foi pra pia, cuidar de sua vida. E eu, que não sei o que fazer da minha, assisto ao movimento da rua, empoleirado aqui neste muro.

Não tenho nada que fazer lá dentro e esta brisa maneira me alivia dos pesos. Dos pesos e dos pesares. O chato é que não acontece nada, nesta rua, e a esta hora nem meus amigos aparecem pra me distrair, pra ouvir minha história, meu desabafo. E bem que preciso. O computador eu não me animo a ligar. Computador e música, televisão também, numa hora assim, o pai da gente com a vida por um fio, são distrações desrespeitosas. Não ligo mesmo.

Eu podia dar umas voltas de carro, mas minha velha não vai concordar. Tenho certeza. Acho até que já escondeu a chave. Pra andar de bicicleta não estou nem um pouco animado. Tenho a impressão de que, se eu sair, alguma coisa vai acontecer. Fico aqui de plantão, esperando as notícias.

O Reinaldo passa pela calçada do outro lado da rua. Bem que podia dar uma chegadinha até aqui. O Reinaldo. Cracão de bola. Todo mundo diz: cracão de bola. E amigo. Me cumprimenta com um aceno e continua a subir para os lados da avenida. Ele não para pra saber como andam as coisas aqui em casa, pois nem imagina a tempestade que nós estamos enfrentando.

Antes de sair, hoje de manhã, procurei no dicionário o significado de aneurisma. Fiquei do mesmo tamanho. Uma artéria dentro da cabeça que dilata. O médico disse que a gente já nasce assim, com uma artéria que pode dilatar e até arrebentar. Mas também pode nunca acontecer nada. Eu acho que gostaria de fazer Medicina. Cuidava de meu pai e não deixava ele morrer. Dr. Artur. Médico nenhum, além de mim, botava as mãos no meu pai. Especialista em tudo, eu.

— Boa tarde, Artur.

Seu Vitorino para o carro aqui na frente. Ele foi muito legal, ontem, levando a gente ao hospital. Puta vizinho, seu Vitorino.

— Notícias de seu pai, Artur?

Ele está com ar de muito cansado. Dizem que passa o dia todo subindo e descendo de edifícios em construção. Ele é mestre de obras.

— O médico disse que não pode operar ainda, que precisa de mais resultados. Eles estão fazendo uma porção de exames pra ter certeza do que meu pai tem. Já sabem que ele é portador de um aneurisma, mas precisam saber o local exato, sei lá quanta coisa. Acho que só daqui uns cinco dias, seu Vitorino.

— Mas ele já saiu do coma?

— Não. Até hoje de manhã ele continuava inconsciente.

— Qualquer problema, venha me avisar, ouviu? E diga a sua mãe que estimo as melhoras de seu pai.

Entra no carro e manobra para entrar na garagem da casa deles, que já está de porta aberta. Dona Leonor me cumprimenta de longe, como se eu fosse um adulto, merecedor de respeitos.

A tarde passa lenta, mas passa sem parar. O ar já começa a ficar frio, avisando que a noite logo, logo chega.

Minha mãe aparece na porta e me chama.

— Telefone, Artur!

Entro em pânico: o telefone é o portador das notícias que vão nos salvar ou perder. Mas é um pânico extremamente rápido. Se o telefonema é pra mim, não pode ser do hospital. Que porra, quem será a uma hora destas? Passo por minha mãe sem esperar que me diga o nome de quem me chama porque já sei que ela não tem o costume de perguntar.

— Pergunte você! — ela me diz quando reclamo. — Não te custa nada atender e perguntar.

Ontem, no escuro, me desorientei tanto que não encontrava este maldito. Agora, no claro, parece impossível não encontrar, mesmo de olhos fechados.

Antes até de ouvir a voz, pressinto que se trata da Marcela. É a respiração, o perfume, é alguma coisa que eu não sei explicar, mas parece que sinto uma pulsação diferente do telefone quando é ela.

— Alô!

— Oi, Artur! Você não apareceu na escola nem ontem nem hoje. Fiquei preocupada. Aconteceu alguma coisa com você?

Falar disso, agora descubro, a alguém que ainda não esteja sabendo, me dá um nó na garganta. Sinto alguma dificuldade pra responder. Meu silêncio é atropelado.

— Você não está bem?

— Meu pai, Marcela. Meu pai está em coma.

— Ah, sim! Coitado do seu Anselmo.

É a vez dela, então, de ficar em silêncio. Talvez haja um pouco de constrangimento pra continuar depois de uma notícia como essa. Sinto sua respiração no bojo do aparelho.

— Marcela?

— Oi. Você sabe a Larissa, aquela magrela da sua classe? Tanto fez, a cretina, que vai me substituir na quadrilha, no mês que vem. Puxou o saco da dona Ester, seduziu aquela idiota da Educação Física, até que ontem a dona Ester veio com uma conversa mole, que, sabe, você já faz a noiva há muito tempo, a gente precisa dar oportunidade a outras meninas, coisa e tal. E aquilo foi me subindo, me subindo, aquela sufocação que parecia que ia me arrebentar de raiva. Então eu disse, Olha aqui, dona Ester, se eu faço a noiva há muito tempo, eu acho que é porque ninguém fazia melhor do que eu. Se a senhora anda agora com uma nova queridinha, a senhora é quem sabe. Mas então não conte comigo pra mais nada. Coisa nenhuma. Nem desfile, nem feira de ciência, coisa nenhuma nesta escola.

Ouço tudo com paciência, meu pensamento viajando longe dali.

— Alô! Você está aí?

— Claro. Pode falar.

— É que você não diz nada.

— Não, não digo porque estou ouvindo.

— E você vai na escola amanhã?

— Vai ter alguma coisa importante?

— Prova não. Acho que não.

— Sei lá — respondo meio chocho. — Se der no jeito, eu vou.

— Ah, tá! Então até amanhã.

Me fica uma impressão muito ruim. Estou sozinho pra curtir a minha dor, meus medos, pra suportar essa ideia assustadora de cuidar da própria vida. Como se eu estivesse preparado pra isso.

Ponho o telefone no gancho e permaneço aí pensando. Incrível como a Marcela tratou com indiferença o caso de meu pai. Ah, sim, coitado de seu Anselmo, nem uma palavra mais. O Reinaldo passou pela calçada do outro lado da rua. Ele me acenou de longe e é provável que já esteja sabendo de tudo. Acho que aqui na rua todo o mundo sabe. Ninguém, além de seu Vitorino, deu a menor importância à doença de meu pai. Está é cada um na sua, nem aí para os problemas dos outros.

Minha mãe para no meio da sala e me encara.

— Sabe, Artur, eu estava esquecendo. A gente precisa avisar meu irmão, a parentalha do interior.

— Deixa comigo, mãe. Eu aviso o povo.

Ela sacode a cabeça, que sim, e vai cuidar de sua vida. Há quanto tempo não falo com a Marília? Minha prima, com aquela cara de anjo do bem, já foi uma das criaturas que mais admirei na vida. Quando a gente passava as férias em São Joaquim da Barra, ela me carregava pra todo lado, me apresentava os amigos, não me deixava sozinho um minuto. A Marília é tudo de que eu preciso agora. Não me lembro do número, mas sei que está na agenda. Letra L, aqui, Leonardo.

— De onde?

— É da residência de seu Leonardo Volponi. Com quem deseja?

— Pode me dizer se a Marília está em casa?

— Quem quer?

— Artur, o primo dela.

— Um momento.

Há quanto tempo! Como é que a gente se envolve com bagatelas, com pessoas e situações de pouca importância, se distrai com a rotina do dia a dia, e perde o contato com uma criatura da qualidade da Marília? Não me conformo. De repente, este medo de que ela não esteja em casa. Nem há razão para que ela esteja. Só em novela essas coisas: ela sentada ali ao lado do telefone, por um motivo desconhecido, aguardando o telefonema de que não tinha notícia. Assim é que o mundo seria bom: tudo previsto, tudo organizado, a gente sabendo antes tudo o que pode acontecer. Fosse eu o inventor do mundo, assim é que ele seria.

Já está demorando muito. Vontade mesmo é de desligar. Porra, não quer atender, pelo menos despacha uma resposta logo. Eu aqui, feito idiota, segurando este telefone na orelha.

Um ruído seco.

— Artur? Meu Deus, quanto tempo, priminho!

Perco um pouco da segurança quando aquele modo afetuoso irrompe por dentro de meu imenso e injustificado rancor. Por isso não sei o que dizer, me atrapalho, minha voz sai carregada de pigarro. Primeiro tusso, não sei, acho que finjo, querendo encontrar alguma coisa agradável pra dizer.

— Morrendo de saudade, Mari.

Pronto, agora já disse. É uma coisa meio idiota, mas foi o que consegui. Tem hora que a boca fala por conta própria, diz o que quer e ainda fica olhando torto. A Mari, não sei se ela acreditou no que eu disse, fica um pouco atrapalhada, dizendo que sim, que claro, que ela também. Morrendo de saudade.

— Mas então, primo, quais são as novidades por aí?

— Meu pai, Mari.

Vem tudo de repente, atropelado, de supetão, como se um calor, um aperto que sobe dos intestinos, que oprime o peito e explode na garganta. Bem assim. De repente a mágoa pelo descaso da Marcela, seu modo indiferente de me ouvir falar, as imagens de meu pai, aquele barulho horrível emitido por sua garganta, a viagem até o hospital, a longa espera no saguão. De repente a frieza com que minha mãe se comporta, o modo como continua cuidando de suas coisas aqui em casa. A expectativa de alguma solução, hoje de manhã, solução que vai ter de esperar uns cinco dias, de acordo com o médico. Tudo isso de repente e eu não consigo mais falar. A Mari fala do outro lado, aflita, Artur, ela grita, mas o que foi que aconteceu? E eu não seguro mais o choro, um choro represado, de baba escorrendo, uma vontade de acordar de um pesadelo.

Na outra ponta da linha consigo ouvir vozes, atropelo, comentários em altos brados. A Mari insiste, acreditando no pior, eu acho.

— Desde ontem ele está em coma, prima. O médico disse que ele é portador de um aneurisma que arrebentou na madrugada de ontem.

— Ai, meu Deus, coitado do tio.

— Ele está na UTI do hospital, a vida por um fio. Eu tenho muito medo, Mari.

Começo a chorar novamente.

— Calma, Artur. Não se desespere. Se ele está no hospital, eles vão salvar o tio. Vai precisar de cirurgia?

Demoro um pouco assoando o nariz, para então responder.

— O médico acha que sim, mas precisa de mais alguns exames pra ter certeza. Ele disse que demora uns cinco dias.

— Priminho, mantenha a calma. O desespero não ajuda em nada. Eu vou pedir pro papai ir até aí logo que puder. Você, priminho, tem que ter muita força, agora, muita coragem. Mas se lembre de que você tem todos nós a seu lado, tem sua mãe. Não se esqueça de que eu, principalmente, eu, ouviu, Arturzinho, eu gosto muito de você. Mas conte mais como foi que tudo aconteceu.

Dou os detalhes que sei e os que imagino saber. Conto os minutos de nossa luta. E, principalmente, falo mal de minha mãe.

— Pois é isso, Mari, não me entra na cabeça que uma esposa veja o marido assim, morre não morre, e continue fazendo tudo como se ele tivesse saído pra visitar um cliente. Entende, Mari. Ela não sentiu nada. Eu até acho que ela ficou foi um pouco contente.

Entende? Eu estou puto da vida com minha mãe. Pra mim isso não é força porra nenhuma. Pra mim isso é indiferença.

A Marília fica quieta, talvez constrangida de me ouvir falar assim de minha mãe. Não me arrependo. Nem um pouquinho. Desde ontem que ela está atravessada na minha garganta, com seu jeito seco, com seu olhar metálico. Acho que o desabafo me faz bem, e que hoje vou poder dormir sem os pesadelos da noite passada.

# 3
# Alguma cumplicidade

Finalmente é ela que vem chegando. Minha mãe. Eu já estava preocupado, achando que ficaria sem almoço, hoje. Ela saiu ainda noite estrelada e não me disse nada. Acordei com o barulho que fez na cozinha e, quando me levantei, ela já estava subindo a rua na direção da avenida. Eu estava avisado desde ontem de que seus caminhos seriam longos e difíceis. É a primeira vez que ela vai até as firmas onde meu pai trabalha. Mas, pelas conversas dele, devia saber onde ficam.

Dona Leonor a segura no portão. Deste jeito, meu almoço é que dança.

Me parece uma estupidez, o Gol aí na garagem e ela ficar tomando ônibus. Nunca dirigiu nem quis aprender. Quanto a mim, bem que poderia levá-la aonde quisesse ir. Mas ela não aceita, por nada desse mundo. Não tenho carta. Fosse meu pai, então seria diferente. Ele sai comigo, me ensina, dá as dicas da experiência, como ele diz.

Ela nem imagina que eu já esteja em casa. Pensa que fui à escola. Por isso a falta de pressa. Finalmente, parece que dona Leonor vai embora. Daqui não ouço o que dizem, mas percebo os movimentos de suas bocas e de seus braços. Quem mais fala é minha mãe. É como se eu tirasse todo o som da televisão. Tem gente que sabe ler lábios. Minha professora de Educação Artística sabe. Ela ouve muito mal. Quando está de costas, a gente diz o que quer, grita palavrão, xinga, todo o mundo dá risada e ela nem se toca. De frente, não se pode dizer coisa nenhuma que ela descobre tudo. Ela não sabe que a gente sabe que ela ouve muito mal. As duas ficam se movimentando enquadradas pela vidraça sem imaginar que são personagens de um filme que estou acabando de imaginar.

Mamãe está subindo a escada e eu não posso ficar aqui, denunciando meu posto de observação. Nos encontramos na porta.

— Ué, não foi à escola hoje outra vez?

Eu sabia. Ela não ia deixar passar a oportunidade.

— Ah, mãe, a senhora saiu e eu não quis deixar a casa sozinha. Eles podiam telefonar do hospital avisando qualquer coisa e eu fiquei esperando.

Faço um pequeno esforço para encará-la, na tentativa de descobrir sua reação ao que acabo de dizer. Estica o lábio inferior, ergue a sobrancelha, sem outra escolha, quase convencida por meu argumento.

Tenho alguma dificuldade para ficar encarando minha mãe por muito tempo. Não me sinto bem. O que eu queria ver já vi, então viro o rosto, olho para o lado. É uma espécie de pudor, ou medo de ser lido nos meus olhos, talvez, é um desconforto de que tenho fugido sempre. Há muito mistério no relacionamento entre as pessoas, umas áreas ensombrecidas, cercas e tapumes de umas plantas sem nome, estranhas plantas, disformes, que nós não sabemos explicar, mas que sentimos agudamente.

Ontem de manhã, acordei com os gritos dela, me chamando.

— Artur, corre aqui — ela dizia —, corre, menino. Seu pai está passando mal.

A cena que presenciei, logo que ultrapassei a porta, nunca mais na vida vai sair do fundo de meus olhos. Não gosto de entrar no quarto deles. Há ali um cheiro de suor, sei lá, muitas marcas dos dois, da vida dos dois, alguma coisa muito íntima, indevassável, como se um templo em cujo interior só a presença do sacerdote é permitida.

Nem sempre foi assim. Ao contrário. Até os sete anos, mais ou menos, me levantava muito cedo e vinha terminar de dormir entre os dois. O calor deles, debaixo dos cobertores, era um retorno à proteção da placenta. Me fazia muito bem. Um dia, quando acordei desse segundo sono, meu pai estava sentado a meu lado e me explicou que eu já estava um mocinho, que não era bom eu continuar com aquele costume de vir terminar meu sono ali, com eles. Nunca mais voltei. Os apelos de minha mãe, contudo, não deixaram espaço para qualquer hesitação. Entrei no quarto correndo.

A garganta de meu pai soltava um ruído horrível, que o médico chamou de sororoca, e minha mãe, desfeita, como louca desgrenhada, segurava-o no colo, como se quisesse retê-lo por mais tempo e não desejasse entregá-lo à morte, que o puxava para fora da cama. Ele estava da cor do travesseiro, boca aberta e olhos fechados. O choque maior foi descobrir que ele não tinha consciência de nada do que se passava.

De volta do quarto, onde já se trocou, ela me convida a ficar com ela na cozinha. Tem muita coisa a me falar, tem urgência da minha cumplicidade. Só nos restamos, por enquanto, um ao outro. Essa é uma ideia bastante desconfortável. Precisa me informar sobre o que ouviu nas firmas, ela me diz pra me convencer a ficar por perto.

— Nossa situação — começa falando, enquanto lava o arroz — nossa situação está pior do que eu imaginava.

Sento, pálido, imaginando um viaduto, onde preparo um pedaço de linguiça em um pequeno braseiro. Ao lado, molambos humanos, trapos sujos mal cobrindo os corpos, bocas com falhas de dentes, me observam, dispostos a disputar minha comida. Minhas pernas estão tremendo e sinto um vazio de azia na boca do estômago. O que pode ser ainda pior do que tudo que nos tem acontecido? Não chego a perguntar, impedido por uma paralisia desconhecida até agora: o medo.

Ela demora muito pra recomeçar e isso me deixa aterrado. Seu rosto impassível se mostra como um anúncio da própria serenidade. Não consigo notar um músculo contraído, um piscar mais rápido, qualquer esgar de sua boca. Ela, a máscara da serenidade.

Finalmente percebo um leve movimento, quase imperceptível, de seus ombros, que se erguem, e do peito, que infla com suavidade. Nada de que se possa ter certeza, mas que aparenta ser um suspiro.

— Nosso dinheiro está acabando, Artur. Seu pai tem algum no banco. Não é grande coisa, mas o suficiente pra gente enfrentar pouco mais de um mês, o tempo que eu acho que ele fica no hospital. Acontece que ele vivia falando de abrir uma conta conjunta e nunca chegou a botar a ideia em prática. Só ele pode assinar o cheque.

Ela para uns instantes e eu, subitamente, imagino uma solução. Isso me concede a condição de parceiro, alguém capaz de resolver problemas.

— Mãe, a senhora se lembra das assinaturas dele, que eu imitava no boletim? Eu faço uma assinatura do meu pai melhor do que ele. Eu posso assinar os cheques.

Minha mãe interrompe a lavagem do arroz e me olha, não sei ainda se me fuzilando ou se admirada com minha inteligência. Aos poucos vou sentindo por sua testa enrugada e um repuxo de seu lábio, que bem conheço, que ela me condena.

— Você ficou louco?! Não bastaram os castigos que a dona Ester te aplicou, menino?

— Mãe, mas ninguém vai desconfiar.

Ela, cada vez mais furiosa, rosto vermelho e veias saltadas no pescoço.

— Artur — voz esganiçada —, errado não é o que os outros sabem. Em primeiro lugar, menino, a gente dá conta dos próprios atos a Deus, que tudo vê. Em segundo lugar, a gente tem que dar conta de todos os atos é à própria consciência. Se ela não acusa o que é certo e o que é errado, então a consciência anda precisando de conserto. Jamais, menino. Jamais eu permitiria uma coisa dessas.

— Isso não vai prejudicar ninguém, mãe. Ao contrário. Se o papai estivesse bem, ele não ia assinar os cheques? Pois ele não assina porque não pode.

— Filho, falsificação é crime. Não interessa o tamanho. Por ser pequeno, o crime não deixa de ser crime.

— A senhora, por acaso, está me chamando de criminoso?!

Eu, agora, mal contido em minha raiva.

— Não, Artur, não estou te chamando de criminoso. Você é ainda muito criança pra entender algumas coisas. É minha a obrigação de te ensinar. Falsificação é crime e eu achava que você já tivesse

entendido isso com a história dos boletins. E agora espero que você não volte a falar disso, entendeu?

Decepcionado com a recusa de minha oferta, volto a meu silêncio. Preciso pensar melhor no que ela disse. Não tenho muita certeza de que ela tenha razão. Só sei que ainda não foi dessa vez que me promovi a adulto e parceiro nas decisões da família.

Ela continua falando, calma, impassível, como se não tivesse acabado de detonar comigo.

— Visitei as três firmas que seu pai representa. Na primeira, não encontrei o gerente, mas consegui falar com um rapaz que me atendeu muito bem, me mandou servir um cafezinho pra depois dizer que o saldo de seu pai é pequeno, coisa e tal, mas que, ante minha insistência, eu passasse no caixa pra receber. Adiantamento, não, não era praxe da firma. Uma questão de princípios, a senhora entende?, ele disse.

Pedi que me pagasse em dinheiro e ele concordou. Ainda bem. Não paga a prestação do carro, mas também, se atrasar um mês ou dois, isso não vai ser o fim do mundo.

Acho que começo a entender algumas coisas. Nunca me preocupei com isso de entrar dinheiro por um lado e sair pelo outro, por exemplo, mas agora, com essa ameaça de torneira fechada, me parece uma coisa um tanto lógica. Só pode sair se entrar.

Depois de uma pausa ela continua seu relatório:

— Na segunda, não me trataram muito bem. Fiquei do lado de fora dum balcão e só depois de muito tempo é que veio um velho bigodudo pra me dizer que saldo não havia nenhum, que os pedidos entregues por seu pai estavam ainda pra ser atendidos e que só depois disso é que haveria saldo na conta-corrente. Daqui a uns dois meses, ele falou, vai ter alguma coisa. Pedi que me dissesse a quantia e ele fez cara de contrariado, mas acabou dando um valor aproximado. Não é tão pouco como na primeira firma, mas vai demorar muito tempo. Pedi um adiantamento e o velho, então, se irritou. Que não, que de jeito nenhum, que isso eles não podiam fazer. Saí de lá de mão abanando.

O chiado do arroz no óleo quente não permite que eu ouça algumas palavras do que ela diz.

— Como?!

— Na última, a mais antiga onde ele trabalha, tive melhor sorte. Lá parece que eles gostam muito de seu pai. Me perguntaram tudo sobre ele, como é que está passando, me botaram sentada numa sala muito confortável, com poltrona estofada e ar-condicionado. São uns amores. O gerente chamou o pessoal de vendas, mandou que fizessem a conta do saldo vencido e do saldo a vencer, mandou que pagassem tudo na hora. A prestação do carro está garantida, graças a Deus. Mas agora você tem que me ajudar a decidir.

É a última coisa que eu podia esperar. Ter de ajudar a decidir é um peso que me derreia um pouco.

— Se teu pai demora muito a ficar bom, o dinheiro acaba. Nós temos o suficiente pra pagar uma prestação e pra viver uns dias. Temos que decidir se pagamos a prestação ou se comemos. O que é que você acha?

Já disse que não gosto de encarar minha mãe. Não me sinto bem. Mas estou de tal jeito surpreso com seu pedido de opinião, e tão despreparado para uma resposta, que não consigo tirar o olhar de seu rosto.

— Bem, mãe, pensando bem, acho que perder o carro não é estrago tão grande como morrer de fome.

Não sei como consegui dizer isso, eu, com minha paixão por esse carro. Dizer isso, contudo, melhorou imensamente minha autoimagem. Ela também parece que começa a me olhar com alguma admiração. Depois de algum tempo, eis-nos os dois, com alguma cumplicidade.

— Era isso que eu queria ouvir, Artur.

Fico sentado, as mãos sobre a mesa, vazias, à espera de um desfecho, de uma definição que não acontece. Não há mais o que dizer, nossas ligações se esgarçam, nossos mundos se distanciam. Minha mãe volta a seus pensamentos silenciosos, impenetráveis, como sempre foram. Me falta coragem pra me retirar imediatamente. Devo esperar um pouco, então vou pra frente da casa, sentar sobre o muro, de onde gosto de ficar observando o mundo, o pequeno mundo que se agita em nossa rua.

# 4
# Não se pode fazer mais nada?

Não desço da bicicleta, aqui parado, na beira do campo. Quero só dar uma olhadinha. No jogo. Gostoso debaixo deste sol maneiro. Depois continuo a rodar por aí, à toa. O Reinaldo me descobre no meio da torcida do Olaria e acena pra mim. Me disseram que o jogo está empatado: um a um. Gol do Reinaldo, claro. O garoto que botaram no meu lugar erra muito passe, não tem visão de campo: muito grosso. Acho que, se eu estivesse jogando, o resultado já era nosso. A defesa deles é bem fraca. É lenta. Olhando aqui de fora é que se vê onde estão os buracos. Engraçado, lá dentro, correndo, brigando pela bola, é como se a gente estivesse da altura de todos os outros. Tudo igual, a gente não vê o que acontece.

Aqui de fora é muito melhor, a visão que se tem. Se eu tivesse de escolher uma profissão agora, eu escolhia ser técnico de futebol. Do que mais gosto, pra falar a verdade. Meu pai acha que levo jeito é pra engenharia eletrônica. Minha mãe diz que a escolha é só minha. Não dá palpite, ela, do lado de fora. Será que tem uma visão melhor? Na verdade, depois de ver meu pai daquele jeito, na UTI, hoje de manhã, a vontade que me deu foi de ser médico. Ia cuidar dele.

Fim do primeiro tempo. O Reinaldo vem correndo e me cumprimenta. Ele precisa ser rápido, dizer tudo antes que o jogo recomece.

— Vai se trocar, Artur. O Jorge não arma uma jogada que preste.

Antes que eu comece a responder, chega uma turma pra falar comigo. Eles todos pedem que eu entre no segundo tempo.

— Deixa eu dizer uma coisa pra vocês, entrar eu não posso, que tenho um compromisso daqui a meia hora. É caso sério e não posso dar furo. Mas prestem atenção: o Reinaldo tem que cair mais pela direita, entrando em diagonal, e recebendo a bola do Dema, que precisa avançar mais pela lateral. É o ponto mais fraco deles. O Jorge fica mais na cabeça de área. Ele me pareceu bom no desarme. Quando eles se tocarem que vocês estão entrando pela direita, o Dema se planta atrás e você, Reinaldo, você cai pela esquerda, tabelando com o Bruno, que avança mais. Entenderam? A defesa deles é lenta. Se o Dema e o Ditão lançarem em profundidade, vocês ganham este jogo. Fácil, fácil.

Eles ainda discutem entre si. Cansados, suados, com vontade de brigar. O juiz bota a bola no meio do campo e se põe a apitar, chamando os dois times.

O Reinaldo insiste:

— Pô, Artur, bem que você podia entrar no segundo tempo.

— Ô, cara, não posso mesmo.

— Negócio lá do teu pai?

Eu minto.

— É isso aí. Não tem jeito mesmo.

Bom, não é bem uma mentira, o que eu disse. Mas não preciso explicar por que eles saem correndo para o círculo central. Depois de ter visto meu pai, hoje de manhã, entrar em campo e jogar seria um desrespeito. Ele lá, com aqueles tubos entrando pelas narinas, aquelas sondas, os olhos fechados, mal percebendo-se que está vivo e eu gritando e correndo atrás de uma bola, é como se não ligasse a mínima pra ele. Um desrespeito. Não faço. Não tenho coragem de fazer.

Minha mãe entrou primeiro. Nós chegamos bem cedo ao hospital. Saímos de casa quando começava a clarear, ninguém nas ruas, os ônibus quase vazios. Domingo, o dia demora mais pra acordar. Na portaria disseram que o dr. Fontoura Dias, neurocirurgião que está cuidando de meu pai, só apareceria lá pelas dez, onze horas da manhã. Ainda bem que eu tinha tomado um café reforçado, porque aguentar até sabe-se lá que hora, não é fácil, não. A gente precisava falar com o doutor. Enquanto esperávamos, ficamos sabendo que os pacientes da UTI só podem receber visitas antes do horário dos médicos.

Estou ficando especialista em sala de espera de hospital. Todas elas são frias, têm um cartaz com uma enfermeira bonita de dedo na boca, pedindo silêncio, outros cartazes sobre cigarro, dengue e uma porção de coisas que eu fico lendo pra ajudar a passar o tempo. Nos sentamos naquelas cadeiras de plástico duro e frio, umas cadeiras pretas. Faltava uma hora e meia ainda para o horário de visitação à UTI, mas eu dali não ia sair sem ver meu pai. De jeito nenhum.

Nosso time ficou bem melhor como eu armei. Duas bolas na trave. Acho que minhas dicas pra alguma coisa serviram. Mas não vou esperar até o fim do jogo, não, porque quero dar umas voltas ainda e daqui a pouco começa a esfriar. Melhor ninguém me ver saindo.

DOE SANGUE
SILÊNCIO

Minha mãe entrou e eu fiquei sentado sem me sentir, só pensando. Nada me distraía. Pensei que ela fosse demorar muito, mas poucos minutos depois chegou por trás e me cochichou:

— Pode ir, Artur. É sua vez.

A enfermeira quase me tomou pela mão. Não que eu estivesse muito bem, acho que até tremia um pouco, mas, se ela tentasse me tratar como a um inútil, eu juro que dava um barraco sem tamanho. A porta estava fechada e ela me parou no vestíbulo da UTI.

— Pra entrar aqui, seu Artur — odeio que os mais velhos finjam me considerar um adulto, como eles —, é preciso vestir estas roupas. Deixe que eu ajudo. Lá dentro, não se faz barulho nenhum, entendeu? E não se pode ficar muito tempo.

Sacudi a cabeça, concordando.

Então ela abriu a porta e nós entramos. Meia dúzia de camas, um silêncio de cemitério. Não olhei direito pras outras camas, porque de longe adivinhei qual era a de meu pai. Mesmo quem estava de olhos abertos parecia estar só esperando a hora de morrer. Comecei a suar. Eu não queria, mas suava muito. Cheguei bem perto de meu pai — queria ter certeza de que ele estava vivo, de que aquilo tudo não era uma encenação para enganar a gente. Eu precisava dessa certeza pra continuar tendo esperança. Acho que fiquei muito pálido, porque a enfermeira me olhou, preocupada. Senti que ele estava vivo. Mal senti. Mas aqueles tubos, sondas, o fio ligado àquela máquina da respiração, tudo aquilo, a imobilidade dele, seus olhos fechados, sua inconsciência, sua impotência, meu Deus, que coisa terrível, tanto tempo um homem forte como ele inteiramente entregue à vontade de estranhos, entregue à sorte. Um acidente qualquer e ele parava de respirar. Para sempre.

Quando saímos, pedi água à enfermeira, e ela me atendeu rápido como se já esperasse meu pedido.

Sentei ao lado de minha mãe e desejei que ela me abraçasse, me beijasse, me dissesse coisas que me fizessem chorar, mas que me aliviassem, que me dessem mais coragem e esperança. Me sentei e fiquei com os dentes batendo, incontroláveis.

— Calma, filho, ele há de ficar bom.

Ouvi aquele encorajamento como se viesse de uma outra região, de um lugar desconhecido, e não tivesse nada comigo. Aos poucos, entretanto, fui tendo a consciência exata de que era minha mãe quem falava comigo e não contive mais o choro. Minha raiva por ela não passou ainda, e acho que foi mais por isso que chorei.

Saímos pra rua e tomei um refrigerante no bar da esquina. O movimento, o líquido descendo pela garganta, o ar fresco da manhã, tudo me ajudava a superar a angústia que eu sentia. Do bar, fomos até uma praça. Faltava mais de uma hora para a chegada do médico.

— Aquele ambiente é muito opressivo, Artur.

Minha mãe começou a conversar comigo, tentando justificar minha reação. Eu é que não estava muito a fim de conversa. Dizia o que precisava ser dito, respondia se ela me perguntava. E só. Estava atordoado. Ter visto meu pai daquele jeito me fez bem e me fez mal. Me fez bem porque superei o medo de que ele já estivesse morto, mas também fez mal porque eu tinha a esperança de que ele já estivesse consciente e muito melhor do que está. Cheguei a acreditar, quando saímos de casa, que ia poder conversar com ele.

Pronto. Acho que aqui já está bom. Um dia venho até aqui com a Marcela. Mostrar a ela a cidade, sua extensão absurda, nossa prisão. Ela nunca deve ter visto o bairro aqui de cima. O vento aqui está mais forte e mais frio, mas me faz bem. Antes de sair, eu disse a minha mãe que precisava estar sozinho, precisava lavar a cabeça no ventinho fresco que me bate na cara, que me despenteia os cabelos. Ele me alivia da febre que sinto.

O médico, dr. Fontoura Dias, chegou logo depois das dez. E foi bom, porque eu já estava muito cansado. Chegou e nos chamou pra sala dele.

— Já visitaram o Anselmo? — perguntou-nos no caminho.

Minha mãe confirmou que sim, que já o havíamos visitado.

— Estamos envidando todos os esforços no tratamento de seu marido, minha senhora, mas trata-se de um caso delicado e é preciso ter muita paciência. Vocês têm alguma pergunta a fazer?

Eu não disse nada. Nem minha mãe. Na verdade achei que até hoje eles, lá do hospital, não fizeram coisa nenhuma por meu pai. Mas o médico estava bem-disposto, com vontade de falar.

— Sei que a visita não deve ter sido muito agradável. Ele continua em coma. Mas agora, pelo menos, já estamos de posse de todos os dados de que precisávamos para a cirurgia. Está tudo pronto para amanhã, às dez horas. Basta que a senhora assine este termo aqui.

— Ele corre algum perigo, doutor?

— Sim, claro que, teoricamente, ele corre perigo. Mas já localizamos o coágulo, sabemos que não houve outras hemorragias, a região a ser removida é garantida. O que não sabemos, o que é impossível saber, é a intensidade da agressão causada pelo sangue que foi derramado no cérebro. Algumas células podem ter sido prejudicadas. O coma está estacionado e esperamos que a remoção do coágulo e a clipagem do aneurisma sejam suficientes para sua recuperação.

— Mas isso é garantido?

— Não, minha senhora. Podem restar sequelas e ele pode até morrer. Mas ele tem grandes possibilidades de se recuperar inteiramente.

— E se não operar? Não se pode fazer mais nada?

— Se não operar, dona Alice, é quase impossível que ele sobreviva.

Minha mãe não disse mais nada. Estava convencida de que não havia outra saída.

Depois de tudo que vi e que ouvi, eu ia ter coragem de jogar futebol? Com que ânimo? Até amanhã às dez não vou conseguir pensar em outra coisa.

O vento fresco secou o suor da subida. Agora é montar e soltar a bicicleta ladeira abaixo, que ela vai sozinha.

# 5
# O conforto chega pelo fio

— Artur? É a Marília.

Respondo emocionado porque tenho medo de telefone quando pode trazer notícia ruim e porque não esperava uma atenção assim de minha prima: primeira vez que me liga. Me sento na poltrona e jogo as pernas pra cima do braço macio. Me refestelo no alívio.

— Alguma novidade, primo?

— Liguei pra você hoje de manhã, mas você estava na escola.

— Este ano não posso faltar, Artur. A barra é pesada, você sabe. Estou rachando pra ver se entro na faculdade sem cursinho. Mas e seu pai, alguma notícia?

— Hoje foi a cirurgia. Começou às dez da manhã e faz só uns quinze minutos que a minha mãe ligou dizendo que tinha corrido tudo bem. Ele acabou de sair do centro cirúrgico.

— Meu Deus, deve ter sido um sufoco, Artur!

— O médico tinha avisado que era uma cirurgia muito demorada, mesmo.

Ouço a voz abafada de Marília transmitindo as notícias para alguém.

— E o meu pai? — ela perguntou.

— Tio Leonardo chegou hoje de manhã. Conversaram um tempão, só os dois na sala, ele e minha mãe, depois saíram. Além do hospital, ela disse que iam tratar de negócios.

— Que negócios?

— Sei lá. Tem prestação atrasada, um enguiço lá com o convênio, uma porção de coisas. Não sei direito o que é.

Ela para, esperando que eu continue o assunto, e no silêncio quase vejo sua respiração, como se nós dois estivéssemos com o rosto bem próximo um do outro. Como não digo mais nada, ela me empurra.

— E você, priminho, como é que está sentindo tudo isso?

Sinto na pergunta a Marília de sempre, a Mari. Atenciosa, educada e solidária. Ando mesmo necessitado de um desabafo porque aqui em casa não tem papo.

— Mari, eu morro de medo. Meu velho é tudo que eu tenho na vida. É como se eu fosse um galho dele, que sai dele. Só isso. Se ele...

A ideia, plantada na minha cabeça há uma semana, toma forma quando tento transformar em palavras. Não resisto e caio num choro que me dói na caixa do peito, que me faz babar no telefone e que não me permite continuar.

— Artur?!

Não consigo nem ao menos responder.

— Priminho! Você está aí? Artur?! Você está me ouvindo?

Demoro um pouco até conseguir balbuciar um sim, que sai molhado, meio disforme.

— Priminho, você não pode se entregar ao desespero. Vai acabar tudo bem, pode ter certeza. O tio é jovem, é forte, ele se sai dessa. Andei lendo sobre o assunto. Há muitos casos assim. Primo, você não pode perder a esperança. Você tem sua mãe, nós todos aqui de casa, que te amamos muito. Está me ouvindo?

Repito aquele mesmo sim; um pouco mais aliviado, entretanto.

— Minha mãe tem rezado pela saúde do tio todos os dias. Você não está desamparado, como pensa, ouviu, priminho? Você não é só um galho de seu pai, não, Arturzinho, você é uma árvore crescendo. E, além disso, você tem a tia, que é uma mulher muito corajosa.

— Não sei se minha mãe é corajosa ou não, mas me dá muita raiva a frieza com que ela vem encarando a doença de meu pai. Tanta dureza assim não parece uma coisa normal. Pra mim, isso é indiferença.

— Não seja injusto, Artur. Sua mãe está tendo muito mais problemas do que você. É por isso que o papai está aí.

A conversa ainda continuou por uma meia hora. Eu me queixando de tudo e a Mari dando as respostas certas, me tirando do baixo-astral com aquele seu jeito macio de ir dizendo as coisas mais lindas que alguém pode dizer. Só meu pai sabe me amar assim como ela, com as palavras.

Vejo os dois entrando pelo portão e vou abrir a porta. Tio Leonardo nem entra por causa da pressa. Veio só pra se despedir de mim. Ele volta ainda hoje para São Joaquim da Barra.

# 6
# O computador e a bicicleta

A primeira coisa que noto, quando chego da escola, é o buraco na paisagem do meu quarto: a falta do meu computador. Corro até a cozinha e o almoço ainda não está servido, como sempre acontece. Nem ao menos pronto. Há mudanças na casa, coisas estranhas acontecem. Ela continua mexendo no fogão, de costas para mim.

— Mãe, o que foi que aconteceu?

— Do que é que você está falando, Artur?

— Mãe, o meu computador não está no quarto. O que foi que aconteceu?

Me parece que ela treme por causa da minha insistência. Eu a vejo pelas costas, meio arqueada, o cabelo preso no alto da cabeça. Termina de fritar a linguiça, então se volta e me encara. O olhar duro.

— Tive de vender, meu filho.

— O meu computador?

— E a bicicleta também.

— Mas mãe, e tudo o que eu tinha nos arquivos, mãe? Matéria de escola, endereço dos meus amigos, um monte de coisa. Tudo perdido?

— Você não perdeu coisa nenhuma. Eu becapei tudo aí nos disquetes.

— Não, mas eu não posso acreditar que a senhora tenha cometido essa maldade.

Ela fica pálida e seus olhos me aprisionam em um círculo de ferro. É com os olhos que ela tenta me esmagar.

— Não tive escolha, meu filho.

— Como não! Vendesse o Gol, que pelo menos dava muito mais dinheiro.

— E quem ia assinar o documento? — ela, vitoriosa.

Estive tentado a repetir a cena de outro dia, dizendo que eu mesmo poderia assinar. Desisti porque, apesar de tudo, acho que ela tem razão. Mas não deixo barato.

— E o seu irmãozinho, veio até aqui ontem, ficou o dia todo passeando pela cidade com a senhora. Ele não podia dar uma mãozinha?

— Ele já está dando. E até mais do que pode.

— Que grande industrial é esse seu irmão que não pode ajudar a gente!

— Não é justo que você fale desse jeito de seu tio. Você sabe muito bem que a fábrica dele é pequena e que a indústria do calçado anda mal das pernas. As exportações caíram muito e tem gente por aí dando sapato quase de graça. Ele me explicou a situação ontem. Tem compromissos vencendo nos bancos e não pode fazer muito, por enquanto. O convênio não cobre tudo e seu tio é quem está pagando a diferença. E não pense que é pouca coisa, não. Vamos precisar de muita economia.

Eu vejo que minha mãe está servindo meu prato. Continuo de pé para demonstrar meu descontentamento. Ela me manda sentar e eu apenas sacudo a cabeça, o coração pesado de tantas mágoas.

— Artur, não adianta só ficar triste por seu pai. É preciso fazer algum sacrifício por ele, não acha?

Dou a volta na mesa e sento. Devagar, para que ela não perceba que acaba de me vencer. A comida está sem gosto nenhum. Tudo tem gosto de palha seca. Enquanto mastigo, em silêncio, recapitulo o dia desde o momento em que acordei.

Não entendo minha mãe e o pouco que sei dela me assusta. Tudo nela é planejado, em tudo ela bota intenções que a gente não percebe na hora. Então, hoje de manhã, ela não parecia interessada nos meus estudos, pensando no meu futuro? Chego a ficar arrepiado com o modo como ela calcula cada passo que dá.

Pegou minha mão esquerda, que dorme sempre pendurada, e apertou um pouco.

— Artur. Artur, meu filho.

Sua voz cochichada aos poucos fechou a porta do sono.

— Vamos, Artur, você precisa voltar à escola. Faz mais de uma semana que você vem faltando.

Sentei na cama, esfregando os olhos.

— Mas...

— Vamos, meu filho, acorde e vá escovar os dentes. O café já está na mesa.

— Mas e se eles telefonarem, mãe?

— Eu ligo pra escola e peço pra te chamarem. Vai sossegado, meu filho. Eu não deixo de te dar qualquer notícia.

— Boa ou ruim?

— Boa ou ruim.

Agora as intenções dela não me parecem muito claras, mas a verdade é que foi até bom ter ido à escola hoje. Contei pra Marcela tudo o que está acontecendo. Ela parecia meio incomodada com minhas faltas. Dei uma engrossada e ela afinou. Que não, claro, que ela podia entender perfeitamente. Com aquele jeito dela: perfeitamente. Me disseram que semana que vem começam as provas do segundo bimestre. Nem me dei conta de que já estamos em junho, no meio do ano. Estou com a matéria meio atrasada, mas acho que ainda posso recuperar o que perdi.

— Artur — ouço sua voz que chega de um mundo estranho, inteiramente desconhecido. Uma voz em branco e preto, antiga, que me chama de volta à mesa e ao almoço.

Ela já parou de comer.

— Pode acreditar que eu não tive escolha. Sei quanto vai te fazer falta, mas estamos precisando de dinheiro e no carro não se pode nem pensar. Amanhã ou depois seu pai volta e precisa dele pra trabalhar. Então podemos comprar tudo outra vez.

Ela não sabe que a sensação de estar fazendo um sacrifício por meu pai me compensa de qualquer prejuízo. Mas não tenho coragem de revelar isso a ela. Sei lá do que minha mãe seria capaz.

# 7
# Fim do semestre

Afundo o corpo na poltrona do ônibus, minha mãe sentada a meu lado. Aqui não tenho culpas nem ansiedades, porque nada posso fazer além de soltar a mente em devaneio. Sempre gostei de viajar assim: os olhos colados na rua que corre ao lado. É uma espécie de vertigem, um sonho sem explicação, filme antigo que não deixou muitas marcas. Enquanto as imagens desfilam frenéticas ante meus olhos, trêmulas e ensolaradas, reconstituo fragmentos de minha vida, dou significação a passagens obscuras: descubro.

Para trás, deixei meu pai, na UTI, a vida chegando-lhe por um fio, a comida penetrando-lhe pelas narinas. Melhor não tivesse vindo. Não consigo esquecer que basta uma enfermeira tropeçar no fio daqueles aparelhos ou alguém retirar por engano os tubos com que ele é alimentado para que sua vida acabe na mesma hora. Como é fácil morrer.

Devo ter feito algum movimento brusco, alguma coisa como um estremecimento, porque minha mãe me puxa o braço e começa a conversar comigo.

— Não sei, não — respondo —, mas acho que fiquei de recuperação. Perdi muita explicação no início do mês, de matéria que não consegui entender.

— Se precisar de ajuda, conte comigo.

Difícil de entender, minha mãe. Às vezes me trata como se eu fosse o pior inimigo. De repente se oferece pra me ajudar.

— Acho que não preciso, mas se precisar eu peço pra senhora.

Ela sacode a cabeça, me olhando como se eu fosse um filho muito querido. O barulho monótono do motor me dá um pouco de sono, mas estou com muito frio e acho que não vou dormir.

Até a Marcela começou a ficar muito chata. Tudo na escola ficou de repente sem graça. Participei do torneio interséries, porque a turma do Juvenal insistiu, mas sem vontade nenhuma. Minha classe, pela primeira vez, não ficou entre as quatro primeiras. Contei pra Marcela sobre os papos com a Marília, a força que ela tem me dado, mudando meu astral. Pra quê! No dia seguinte passou por mim e nem me olhou na cara. No recreio ficou grudada no Roque, antigo paquera dela. Pisou na bola. Posso estar um pouco empolgado com a Marília, mas não tem nada a ver. É minha prima e namoro entre primos não dá certo. Acho que não dá. E depois, ela mora no interior, longe pra cacete. Não sou louco de me amarrar numa mina assim. Ela pensou que eu fosse me arrastar e beijar os pés dela. Dançou. Passei uma semana sem dar pelota pra ela. Só ontem, que foi o último dia de aula, ela veio rodeando, chegando perto, até que perguntou:

— A gente se encontra nas férias?

— Por mim! — respondi com os ombros e com a boca.

— Credo, Artur, você parece que nem faz questão.

Era só o que eu esperava, então aproveitei:

— Se for pra disputar com o Roque, Marcela, tou fora, que não é meu negócio.

— Hum, ceninha de ciúme, agora!

— E quer saber mais, este papo já tá me cansando. Vá ver se estou lá na esquina, vai, Marcela. Tchau.

Não que eu não goste da Marcela. Até que gosto. É a garota mais bonita do primeiro ano. O papo dela é que é meio xarope, mas, na hora dos amassos, quem é que vai se lembrar de papo? Sei lá, mas depois que comecei a conversar com a Marília quase todos os dias, parece que a Marcela foi perdendo a graça. Mandei passear. Em agosto vejo o que é que eu faço.

— Então — responde minha mãe, depois de algum tempo de silêncio —, quando você quiser a gente começa a revisar a matéria. De acordo?

Não me sinto bem com essa intimidade dela. Me trata como se eu fosse um filhinho precisando de proteção. Isso me incomoda. Mesmo assim, sofrendo esse desconforto, tenho que responder.

— Sim.

Ficamos mais algum tempo em silêncio, o que nas atuais circunstâncias me faz muito bem. Estou preso aqui neste fundo de poltrona, com frio, sem poder me mexer. Semana passada estiveram lá em casa tio Antônio e tia Flávia, irmãos de meu pai. Chegaram no domingo de manhã e logo depois do almoço foram embora. Eles moram em Belo Horizonte e tinham que trabalhar na segunda de manhã. Dá pra ver que são meio pobres, os dois, mesmo assim se abalaram daquela distância para visitar a gente. Tia Flávia saiu chorando e minha mãe ali, durona, sem mexer um fio do cabelo. Que não, que é isso, mulher, seu irmão logo, logo volta pra casa. Tio Antônio é mais velho que meu pai e parecia muito cansado. Fiquei comovido com a visita deles. Me convidaram pra passar as férias em Minas, que há muita gente da minha idade na família. Uma gente que nem conheço.

O ônibus faz uma manobra rápida, pra desviar de um caminhão, e minha mãe cai por cima de mim. Ela me olha rindo e eu também acho graça. Nossos mundos particulares e fechados, em que passamos a maior parte do tempo, acabam de se chocar.

— E agora nas férias, Artur, você tem vontade de viajar pra alguma parte?

Não sei como isso foi acontecer, mas até hoje eu ainda não tinha pensado que temos um mês inteiro pela frente sem ter o que fazer. Vai ser horrível passar o tempo sem meu micro e sem minha bicicleta. Andei tentando continuar o aeromodelo, mas está muito difícil. Ainda não consigo manejar bem as ferramentas. Quem é bom nisso é meu pai. Se não aparecer coisa melhor, vejo se termino o avião. Viajar? Ah, não, vontade nenhuma de viajar.

— Acho que não, mãe. Com o pai no hospital, sei lá, não tenho vontade nenhuma. A gente sempre saía tudo junto, acho que sem ele não vai ter graça nenhuma.

— Está certo, meu filho, você tem toda razão. Sem ele não existe lugar bom, no mundo.

É assim mesmo. Ela diz umas coisas em que nem acredito. Não parecem palavras certas na boca de minha mãe. O estilão dela é outro.

— Além do quê — ela continua — o que a gente tem pra receber não dá nem pra pagar todas as contas. O carnê do carro seu tio já levou. Mas tem outras contas vencendo: luz, água, telefone. Por falar nisso, Artur, pare com essas ligações pra Marília. É meia hora, quarenta minutos cada ligação. Não pode. Nós não temos dinheiro pra pagar tudo isso e vão acabar cortando nossa linha.

— Mas mãe, ela é a única pessoa...

— Artur, meu filho, vou ter de vender mais alguma coisa pra pagar esta última conta. Entendeu? Assim nós não aguentamos muito tempo.

— Mas o pai não vai continuar doente por muito tempo.

Sinto que meus olhos brilham porque meu rosto está um fogaréu.

— E de onde te vem esta certeza?

Então respondo com outra pergunta:

— E a senhora entendeu tudo o que o médico disse?

Depois da visita rápida que fizemos, cada um a sua vez, a meu pai na UTI, minha mãe pediu pra falar com o médico. Não perco mais um espirro do que eles dizem. O dr. Fontoura Dias nos atendeu no consultório, sorridente, conversando como se fôssemos velhos conhecidos, uma intimidade que me desagradou. Falava de meu pai como do sistema de injeção do motor de um carro. Alguma coisa entendi, como a isquemia que provocou o coma, a agressão do sangue a células em uma área do cérebro. Anóxia, ele explicou, mas eu não entendi direito o que é. Sei que tem alguma coisa a ver com oxigênio. No fim ele disse que fisicamente meu pai está bem, que tudo o que tinha de ser feito já foi feito. Agora só nos resta esperar que o cérebro se recupere. O tempo, minha mãe perguntou pelo tempo, o tempo é imprevisível, respondeu o dr. Fontoura Dias. Nem da recuperação se pode dar garantia. Se ele não pode garantir, quem é que pode? Eu?

— Não sei se entendi tudo, mas uma coisa eu entendi: seu pai pode readquirir a consciência a qualquer momento, mas isso também pode demorar muito tempo.

— Não foi isso que eu entendi.

— Quer dizer, tanto pode ser daqui a duas horas, como pode demorar duas semanas, ou até meses. Ninguém pode saber. Há casos em que...

Ela parou de falar. Ainda bem. No próximo ponto vamos descer.

# 8
# Fim das férias

Se gosto muito ou pouco da Marcela, quanto gosto dela, ah, não, isso eu não consigo decidir. Com ela assim, como agora, meu corpo se esquentando no seu, sinto vontade de nunca mais ir embora, de ficar pra sempre grudado nessa pele macia e cheirosa. Não ligo a mínima pro filme que está passando. O bem-bom é ficar com o nariz enterrado por baixo desses cabelos de seda, respirando seu pescoço perfumado.

Em casa, sozinho, tenho a impressão de que nunca mais vou querer nada com ela.

No início das férias jurei que a Marcela estava riscada da minha lista. Quis dar uma de gostosa e pisou na bola. Besteira por causa de ciúme. Tremenda besteira, porque a Mari pode ser muito importante pra mim, mas é prima e eu a considero assim uma espécie de... sei lá, não consigo entender o que sinto por ela, mas acho que é amor de primo. E por causa dela a gente brigou no fim do semestre. Esperava que eu fosse correr atrás? Caiu do burro, que isso não faço por ninguém.

Nunca passei férias tão ruins como essas. Todo dia aquela ansiedade, esperando notícias do hospital, notícias que até hoje não chegaram. Uma vez por semana a visita, o mal-estar de ver aqueles tubos e fios enfiados nele, como se meu pai fosse uma coisa, um objeto mecânico movido a eletricidade. Em casa, com minha mãe, o papo não melhora mesmo. Além das aulas de recuperação, com que ela me bateu pesado, nada mais. Cada um na sua. E telefone, agora, só quando alguém liga pra mim. Acho que a Marília já se tocou disso, então liga mais de uma vez por semana. Com a bicicleta e o computador, o tempo passava mais leve porque eu podia viajar pelo bairro. Ou pelo mundo. Minha mãe vendeu os dois. Fiquei muito chateado com isso, mas já me conformei. Aquele argumento dela, de que assim eu estava aceitando um sacrifício por meu pai, aquele argumento foi infalível. Aceitei. Joguei um pouco de futebol, mas o mês foi de muita garoa, por isso foi só um pouco. Minha salvação foi o aeromodelismo. Quase terminei meu primeiro avião. Aprendi uma porção de coisas, neste mês de julho. E não foi só matéria da escola.

Só ontem a Marcela me ligou, perguntando se eu ainda estava chateado com ela, como é que podia eu não perceber que o ciúme significava seu amor por mim, essa conversa mole, a Marcela fazendo da vida uma novela de televisão. Eu ali, sozinho, sem ver quase ninguém, sem sair de casa, a ligação dela foi uma brisa gentil: me animou bastante. Ela disse que não tinha ligado antes por causa das viagens de férias que fez com os pais. Depois me contava. Então me convidou pro cinema e é claro que eu aceitei.

Quando desligamos, minha mãe chegou voando.

— Quem foi que ligou?

Enquanto a gente falava, ela ficou rondando pela sala, sumindo e voltando, um paninho de tirar pó na mão, que nem chegava a usar. Ela pensa que seus disfarces me enganam. A intenção dela estava muito clara.

— Foi ela, mãe. A senhora não precisa ficar preocupada.

Sinto a Marcela empurrando de leve minha cabeça e abro os olhos na claridade das lâmpadas, que aos poucos vão-se acendendo. Levantam-se alguns vultos esparsos e silenciosos, bocejando e alongando os braços, preparando-se para terminar o domingo em casa, perto das responsabilidades. Marcela me sorri uma cumplicidade a que eu respondo, quase flagrados nós dois em nossa intimidade.

O corredor escuro parece um túnel subterrâneo e nós o percorremos agarrados. Meu braço direito por cima do ombro de Marcela, minha mão acariciando o seio dela. Meu Deus, eu não quero mais sair daqui.

Sou obrigado a confessar que estou duro, sem nenhum no bolso além da passagem de volta. Então a Marcela começa uma conversa cheia de dedos e diz que se eu não me ofendo ela mesma paga. Acabo aceitando o café, porque daqui até a estação do metrô são três quarteirões e a garoa está gelada.

Escolhemos a última mesinha do bar, onde ninguém nos atrapalhe nem o vento nos congele. Sentamos e começo contando pra ela como foram chatas minhas férias. Falo sobre as aulas da minha mãe, as ligações da Marília. Nem sei por que faço isso, uma vez que ela pode ter outro ataque de ciúme. Será que isso me causa algum prazer? Mas só começo a falar, pois não me agrada conversar com alguém que fica olhando para os lados, ar de enfado, apenas aguardando o momento certo para tomar a palavra.

— Sabe — ela começou na primeira oportunidade —, a primeira semana fomos passar na casa de um amigo de papai, em Campos do Jordão. Você não conhece Campos do Jordão? Faz um frio siberiano. Você não imagina. Papai e o amigo dele, apesar do frio, não tinha noite que não se mandassem para o Auditório Cláudio Santoro, para assistir aos concertos do Festival de Inverno.

O café chega na hora certa: nossa atenção se concentra no açúcar. Mas é por pouco tempo.

— À noite a gente ficava curtindo com a galera mais chique do mundo ali no Capivari, entre a Maison Génève e o Aspen Hall. No meio da rua e debaixo do frio. Duas noites, quando não fez tanto frio, fomos à boate. Você já foi a uma boate? É uma curtição. A gente dança, ouve música, bebe, se diverte. O amigo de papai tem dois filhos e o mais velho dos dois só queria saber de dançar comigo, o bolha. Sabe esses carinhas que têm um pouco de grana, uma certa posição, e só por isso já se julgam os bambambãs? A mamãe, que é muito amiga deles, ficava dando indireta, me empurrando pra cima do cara. Eu, hem!

O café inunda minha garganta, doce e quente e eu sinto uma tremenda vontade de não estar mais aqui, aguentando este papo riqueza da Marcela, de quem só se pode gostar enquanto não abre a boca.

— De lá nós fomos para um hotel-fazenda, no sul de Minas. De manhã os hóspedes quase todos se levantavam para ir ver seu Bernardo tirando leite das vacas. Cada um ganhava um copo de leite ainda quentinho, recém-tirado daquelas tetas gordas. Meu pai não queria saber. Ele diz que leite cru tem cheiro de merda de vaca. Ficava na cama. Logo depois do café, vinha um dos empregados do seu Bernardo com os cavalos encilhados e a gente se atirava montanha acima, galopando. Era bem uma meia hora. Lá de cima, do meio dos pinheirais, dava pra ver o horizonte chegando perto da Europa, e aquela nuvem branca, um edredom fofo levantando por baixo do mundo.

Acabo de me lembrar: hoje é domingo e a noite já está chegando — é a hora em que a Marília costuma telefonar. Termino de tomar meu café com uma pressa inesperada e pergunto à Marcela se ela não se incomoda de voltar sozinha pra casa. A cara dela fica azeda.

— Então, amanhã a gente se fala.

Me mando.

# 9
# De nariz empinado

Desde ontem a cidade molhada, encolhida debaixo desta garoa que parece ter vindo para não sair mais. Atravesso a rua quase correndo, apesar do perigo de escorregar. O portão já está aberto e vou direto até o pátio, onde o pessoal espera o sinal batendo papo. É o primeiro dia de aula do segundo semestre, e a galera volta agitada, conversando alto, contando vantagem. Quem vem sorrindo na minha direção é o Ricardo. Cara de banho tomado há cinco minutos, sorriso de dente recém-escovado. O Ricardo gosta da escola. E é um cara legal. Não joga futebol, não é popular entre as garotas, mas anda sempre em paz com tudo. Sempre na dele. O primeiro da classe, nem por isso esnoba ninguém. Também estendo o braço para o aperto de mãos.

— E então, Artur, como vão as coisas?

— Ah, a gente vai levando, não é, Ricardo. Por enquanto nada de novo no pedaço.

— E de seu pai, tem alguma novidade?

— Nada, cara. Já estou ficando desesperado.

Não sei como acontecem essas coisas, como é que elas funcionam. É bem difícil definir o que venho sentindo desde maio. Um sentimento cinza, sem forma. Às vezes me bate uma vontade de dormir para acordar só depois de tudo passado, quando o sofrimento não existir mais. Outras vezes é uma vontade de ficar parado num canto, sentindo completamente minha dor. Mas desesperado, não, desesperado eu não estava porque não pensava que estivesse. Pois foi acabar de dizer que estou ficando desesperado e quase choro de desespero. Quase sempre o que eu digo, se não era fica sendo.

Outro dia, conversando com a Mari, pelo telefone, ela perguntou, O que você tem vontade de estudar? Eu fiquei com vergonha de dizer que ainda não sabia e soltei na bucha, Medicina, pronto, já não penso em outra carreira.

— Reação nenhuma, Artur?

— Nada. Nesse tempo todo ele só respira por aparelhos e é alimentado por uns tubos que entram pelas narinas. Parado, completamente parado como se estivesse morto.

— E os médicos, o que é que eles dizem?

— Sei lá, cara. O médico que operou meu pai diz que é impossível saber o que vai acontecer. Que o coma é natural, nestes casos, mas que não podia demorar tanto tempo assim.

A parte coberta do pátio vai ficando cada vez mais cheia de gente e o barulho é tamanho que mal dá pra conversar. De repente eu vejo que o Ricardo está apontando o portão com o queixo e sacudidelas rápidas de cabeça. É Marcela que vem entrando embrulhada em sua riqueza, o nariz levantado me procurando.

Ela não está muito distante de nós dois quando nos percebe. Então diminui o ritmo dos passos, ergue ainda mais o nariz e passa fingindo que não nos viu. O Ricardo me olha, surpreso.

— Ela não te viu?

— Fingiu que não.

— Vocês não estavam amarrados, no primeiro semestre?

— Ontem larguei ela sozinha no shopping. Acho que ficou mordida com isso.

— Pô, mas também...

— Sei lá, Ricardo, acho que pra uns amassos ela não tem igual, mas os assuntos dela, cara, sabe aquele papo riqueza? Acaba com qualquer tesão.

Com o primeiro sinal, a zoeira torna-se tão grande que papo nenhum resiste. Nos misturamos à maré humana que invade o corredor na direção das salas.

O semestre está começando.

# 10
# Cada vez mais longe

O telefone toca irritante prolongado que chegam a me doer os dentes. Não desiste. Tio Leonardo e minha mãe se calam me olhando uma ordem para resolver aquilo. Me levanto agradecido pela oportunidade de espichar as pernas. Enfim, passei a manhã toda sentado naquela carteira dura, lá na escola, e desde o almoço aqui na sala, ouvindo e sacudindo concordâncias com a cabeça cheia de sono.

— Alô!

Dou um certo tom de estudada neutralidade à voz. Ninguém não responde. E "ninguém", que eu quero dizer, é a Marcela. Conheço a respiração dela como um perfume que viesse pelo fio. Ela não sabe que conheço, por isso pensa que está passando um trote. Repito a chamada e ouço o clique do telefone sendo desligado. Ontem, no recreio, ela se pendurou no pescoço do Roque, achando que me atingia. A semana toda, desde o reinício das aulas, vem fazendo isso. Ela está é entrando em uma fria, que esse Roque é barra muito pesada pra ela. Comentam na escola que ele tem alguns vícios. Não tenho nada a ver com a vida dele, mas a Marcela é muito tonta pra poder encarar um cara desses.

Recoloco o telefone no gancho e percebo que os dois continuaram falando sem contar comigo. Tudo aqui me causa um pouco de náusea. Aquelas flores roxas, ali em cima da mesa, então, ficam me parecendo um prenúncio. É uma coisa tão fúnebre, isso de flor de cera, que não posso olhar pra elas sem me lembrar do coma de meu pai.

O que acabo de ouvir me assusta. Minha mãe, estátua paralisada, também me assusta. Ela que deveria gritar que não, que pelo amor de Deus, nem pensar uma coisa destas, fica parada olhando para a ponta dos próprios pés, como se estivesse só esperando uma proposta despropositada destas. Porque aqui, diz meu tio, agora repetindo, aqui vocês já não têm condições de continuar.

— Mas e o Anselmo? — por fim balbucia minha mãe.

— Eu não concordo — quase grito.

Os dois me olham com uma dureza que já conheço muito bem. Me sinto, então, na obrigação de continuar:

— E se a gente levasse ele junto? Não gosto nem de pensar em ficar longe dele.

— Aqui ou em São Joaquim, o telefone informa ao mesmo tempo. As visitas podem continuar com a mesma frequência. E além disso, não há mais nada que vocês possam fazer.

O que meu tio acaba de declarar arrasa comigo. Fico quieto, pensando no que ele disse. Se há coisa que sufoca é ter de esperar sem a menor possibilidade de fazer alguma coisa.

Minha mãe me olha, procurando me ler. Ela sabe que é quem dá a última palavra, mas minha opinião parece interessá-la. Enfim, agora só eu sou sua família.

O telefone toca outra vez e me dá vontade de mandar a Marcela pro inferno. Mesmo assim preciso atender porque a campainha atrapalha a conversa.

Quem responde é a Marília. Depois de me cumprimentar, perguntar por minha mãe, me pede pra falar com tio Leonardo.

Está aí uma coisa em que ainda não havia pensado. Em São Joaquim, posso ficar perto da Mari, e isso de ruim é que não tem nada.

Venço uma barreira sempre muito difícil e me aproximo de minha mãe. Ela continua quieta, os lábios finos apertados, o olhar metálico. Aproveito que tio Leonardo está um pouco longe e cochicho pra ela:

— Acho que o tio tem razão.

# 11
# E como é que vai ser?

À medida que o caminhão avança pela Bandeirantes, cresce minha sensação de que abandonei meu pai, que abandonei a luta, que me acovardei. O vento, batendo assim no meu rosto, me deixa um pouco atordoado, que é o que me salva. Esta sensação do corpo aniquila os pensamentos mais agudos. Os mais incômodos. Fico ligado no vento, os olhos quase fechados.

Mesmo desse jeito, querendo ser apenas um corpo transportado, não consigo evitar a ideia de que nunca mais vou ver uma porção de amigos. O Reinaldo, cracão de bola, o que vai ser da vida dele, agora? O pensamento de que ele vai continuar vivendo, jogando futebol, existindo sem que eu saiba o que acontece com ele, é um pensamento muito pesado. Meus amigos não podem existir sem mim porque eles existem é dentro de mim. O Ricardo me deu um abraço emocionado. Vai, ele dizia, e não olhe pra trás. Ir eu vou, estou indo, mas não olhar pra trás é difícil. Não consigo.

Tive bastante tempo pra me despedir de muita gente. Seu Vitorino fez uma cara infeliz, coitado, porque sempre gostou bastante da gente. Dona Leonor se parou a chorar no ombro da minha mãe, elas duas, tantos anos vizinhas, ficaram quase irmãs. Não me despedi da Marcela. Desde aquele domingo, no fim das férias, que ela não conversa mais comigo. Acho

bom, mesmo. Já andava de saco cheio com ela. Um Roque, isso é o que ela merece. Um Roque bem barra-pesada pra quebrar aquele nariz empinado. Ainda não consigo saber se vou sentir saudade da Marcela.

A gente sempre ganha quando perde, o Ricardo comentou, cidade diferente, outros amigos, situações novas, vai, Artur, e não olhe pra trás. Também não é assim, Ricardo, meu pai vai continuar aqui. Não entendo bem o que ele queria dizer com aquilo. Minha mãe prometeu que, enquanto meu pai estiver hospitalizado, a gente vem toda quinzena fazer uma visita.

O motorista comenta que agora a estrada..., e não entendo o que ele diz porque estava distraído. Depois de uma curva, entramos em outra estrada. Anhanguera, ele grita, rindo como se estivesse muito satisfeito. A transportadora é de Ribeirão Preto e o motorista dá a impressão de que a entrada na Anhanguera é como se fosse a chegada em casa. Mais umas quatro horas, ele responde, e olha o relógio. Antes da noite a gente chega. Ele começa a cantar um negócio que vive tocando nas rádios e eu começo a me perder outra vez em tudo que vou deixando pra trás.

E a nossa vida, no interior, como será que vai ser? Sinto medo, quando penso nisso. Sei que tio Leonardo vai estar por perto, que vou poder encontrar a Mari quase todos os dias, mas nem eles eu conheço direito. Passar as festas na casa de alguém, nas férias, deve ser bem diferente de viver perto, no roça-roça do dia a dia. Sinto muito medo.

Nosso Gol ficou na casa do seu Vitorino. Tio Leonardo disse que manda alguém pegar mais tarde. Além de meu pai e do carro, não deixamos nada em São Paulo. Durante o mês de agosto, tio Leonardo apareceu todas as semanas lá em casa ajudando minha mãe a resolver alguns problemas. Coisas como rescisão de contrato de aluguel, liquidação de algumas prestações, recebimento de restos de comissões de papai. Um dia perguntei a ele se não tinham mais esperança de que meu pai voltasse para casa. Ele me olhou muito sério e disse que sim, que a qualquer hora papai podia melhorar, mas que o médico não garantia nada, que ele poderia ficar daquele jeito lá na UTI por muito tempo, e que no dia em que melhorasse e tivesse condições, ele é que ia decidir nosso futuro. Enquanto isso, completou tio Leonardo, é preciso ajeitar a vida de vocês dois.

Acho que andei dormindo. Os últimos dias de preparativos me cansaram muito. O motorista me pergunta se quero tomar café num posto que reconheço porque antigamente era sempre aqui que meu pai fazia uma parada. Hoje de manhã, quando embarcou no carro do tio, minha mãe me deu dinheiro para o lanche. Aceito o convite. Desço da boleia num pulo e quase caio, as pernas meio bambas. O barulho do caminhão continua estremecendo meu cérebro.

O motorista conversa comigo, amigável, nós dois companheiros de viagem. Então, muito adulto, peço a ele que me mostre a mudança, como é que ela está, eu digo, e ele parece que não entende a princípio e falo nos vasos de minha mãe, suas plantas, se estão viajando bem. Preciso ver principalmente as begônias, pedido dela, por causa daquelas hastes peludas fingindo uma resistência que não têm.

Damos a volta ao caminhão e ele me abre a porta traseira. Subo à carroçaria e fico espiando o que posso no meio da confusão de móveis e objetos que, fora de seu lugar em casa, parecem todos muito estranhos. Descubro na penumbra as folhas carnudas das begônias.

Pulo de volta, satisfeito com o que vi e contente por estar atendendo a um pedido de minha mãe. Resolvi dar a ela uma trégua nestes dias de mudança, principalmente depois que ela me enfiou os dedos no cabelo e disse, Vem, Artur, precisamos ir embora. Parei de chorar na hora e jurei que faria tudo que ela me pedisse.

O duro foi entrar em casa depois de vazia. Ela era uma coisa morta, no entanto tinha as marcas de toda a minha vida. Foi nela que me nasceu o primeiro dente, foi lá que aprendi a andar. Me sentei no lugar vazio deixado por minha cama e chorei. Chorei de babar, sacudido, com saudade de mim, do Artur que eu deixava para trás. Minha mãe chegou me procurando e enfiou os dedos no meu cabelo. Vem, Artur, precisamos ir embora. Não se desespere, meu filho, que sua vida vai junto com você. O que fica aqui é só uma casa.

# 12
# Enfim, a prima

Me incomoda o modo como tia Rute me espiona de esguelha, olhar fechado, de suspeitas, como se estivesse de tocaia à espera de um flagrante. Ficando a cara do pai, hem, Alice, enquanto me passa a travessa de coelho ensopado com batatas. Também me incomoda alguém falando de mim, na minha frente, como se comentasse algum objeto interessante, mas inerte. Devo estar um pouco vermelho, sempre fico, e continuo comendo como se o assunto fosse o eclipse do ano passado. Não presto muita atenção nas conversas porque estou tremendamente faminto, além de destruído de cansaço.

O ronco do motor continua no oco dos meus ouvidos.

O caminhão ficou fechado na frente da casa onde vamos morar, na Vila Martus. Um pouco menor do que a casa de São Paulo, essa daqui, mas me pareceu boa, com varanda nos fundos e jardim na frente. Pelo jeito a rua é bem sossegada. O motorista, não sei o que tio Leonardo fez dele. Já chegamos noite fechada e só amanhã vamos descarregar. Vai gente da fábrica nos ajudar.

Eu estava olhando a casa por dentro, e era só uma casa, com paredes, portas e janelas. Uma casa boa, mas só uma casa. O tio acendeu tudo porque então ela pegava mais aparência de uma coisa viva, de um lugar onde a gente caiba morador: minha mãe e eu.

Minha mãe era feita de um sorriso que raramente vi em toda minha vida. Apesar de ter jurado não ficar contra ela nestes tempos, senti que por dentro eu começava a me enrolar em ressentimento. Não tive tempo de tomar meu veneno: ouvi um carro parando na frente e em seguida vi a Mari entrando toda iluminada pela porta da sala. Será que ela sempre foi bonita deste jeito? Como posso ser tão distraído que ainda não tinha percebido? Linda, minha prima. Simplesmente linda. Andei perto de chorar quando ela me abraçou apertando como falava pelo telefone: seus carinhos. Me segurou o corpo contra o corpo dela o tempo de me passar um calor de conforto, uma sensação de segurança que me faz muita falta.

Simplesmente linda, minha prima.

E agora, aqui na minha frente, conversando e rindo, comendo, acho que não existe no mundo inteiro mulher mais linda do que ela.

O casal de gêmeos chegou junto da rua e veio direto para a mesa. Não tinham me visto ainda. Os dois têm cara de sexto ano e minha mãe disse que são dois geniozinhos. Não parece, porque não param de rir. Me olham rindo, sem dizer coisa nenhuma. Estão bem na minha frente, ao lado de tio Leonardo. Ele também me olha, depois de ter dito alguma coisa a minha mãe, que não entendi, então percebo que está falando comigo. Digo que não ouvi e ele repete, Logo depois de vocês se instalarem, precisamos tomar algumas decisões sobre seu futuro. Me olhando preocupado comigo, mel de pai na voz, acho que é a melhor pessoa que já conheci. Minha mãe disse outro dia que o convênio não paga uma porção de coisas e que, sem tio Leonardo, sua ajuda, nossa situação estaria muito pior.

Me sinto tão bem aqui que até me dá remorso: meu pai a quatrocentos quilômetros de distância. Por sorte ninguém cometeu a grossura de me perguntar por ele. Somos pessoas bem-educadas, parece que eles têm vontade de me dizer quando olho para alguém. Estes gêmeos não param de me olhar rindo e daqui a pouco acho que vou armar um barraco. Que porra de gênios são estes que parecem dois idiotas? A Mari enruga a testa pro lado dos irmãos e eles se aquietam.

Em pouco tempo as pessoas debandam da mesa e me toco então que é hora de novela. Fico eu, que não acompanho novela nenhuma, e a Mari, que me olha e responde, Gosto, sim, mas hoje prefiro ficar conversando com você.

Acabamos sentados na escadaria da frente, debaixo do céu, e ela segura minha mão. Acho que estou suando. Primeiro ela me faz repetir tudo sobre meu pai, as coisas que eu já tinha dito por telefone. O interesse dela me faz muito bem. Digo tudo, dou detalhes, quase choro. Ficamos calados um tempo, emocionados, nós dois. Então ela pergunta o que pretendo estudar e não reluto na resposta: Medicina. Me encara muito séria, acho que incrédula, Mas você imagina a barra que é o vestibular?, e eu digo que sim, que pretendo começar ralando no ano que vem.

Ela diz que já deveria ter começado a rachar desde o início deste ano. Ela se prepara para fazer Arquitetura. Começa a falar sobre estilos, uns nomes que nunca ouvi, umas palavras desconhecidas. O papo não me agrada e fico quieto. Não sei se ela se toca, mas começa a dizer bobagens, dessas que a gente sempre diz, tentando me agradar, me tornar alegre. Fala de futuro, da cidade, dos amigos que pretende me apresentar. Amanhã à noite a gente vai pra avenida tomar um chope, ela impõe sem saber se eu posso, mas claro que posso.

O pessoal da casa está todo na sala, grudado na televisão, e da rua ninguém nos vê aqui, nesta sombra. Me sinto tentado, por isso, a dar uns amassos na Mari, e só a custo me domino. Começo a acariciar seu braço, que ela aos poucos retira de minha mão. Conheço esta resistência e sei esperar.

Pergunto à minha prima o que pode o pai dela estar pensando sobre meu futuro e ela diz que não faz ideia nenhuma. Nossas mãos se procuram novamente. Desta vez não pretendo avançar o sinal, pra ficar mais tempo sentindo a maciez de sua pele.

Tia Rute acende as luzes do peristilo e aparece no patamar da escadaria. Seu olhar é muito duro e me machuca, apesar de nossas mãos terem se repelido no susto da iluminação. Avisa que já é tarde, hora de dormir, ouviu, Marília? Sua mãe espera por você no quarto, ela me diz. Você já sabe onde é, não sabe? Adivinho hostilidade em sua voz, no sarcasmo que não procura se esconder.

Nossa despedida é rápida, com dois beijinhos no rosto. Já sinto que não vou dormir esta noite.

# 13
# De casa nova

Arrasto uma cadeira até a varanda, nos fundos da casa, e me jogo em cima, destruído. Como eu adivinhava, dormi pouco esta noite, a Mari na minha cabeça, aquele seu modo de sorrir como se estivesse derramando alguma bênção sobre mim, a maneira dadivosa de sua mão pegar a minha e depois fugir. Durante o dia todo andei meio zonzo de sono e de calor. Duas ou três vezes minha mãe me perguntou o que é que eu tinha, O que é que você faz aí parado, Artur?, e eu respondi que não, não é nada, eu só estava aqui pensando. Nunca fiz tanta força na puta da minha vida. Estou de calo até por dentro do estômago: umas bolhas.

Hoje vi uma coisa que se tivessem me contado eu não acreditava: tio Leonardo mandou dois funcionários lá da fábrica pra ajudar na descarga do caminhão. O Tadeu, um pouco mais velho do que eu, e o Pérsio, um velho forte como um boi. Um demônio de velho. Mas não era nisso que eu não acreditava. O que me espantou, logo de manhã, foi quando nós começamos a descarregar o caminhão e chegaram dois caras, amigos do Pérsio, e perguntaram se a gente precisava de ajuda. Em pouco tempo os dois estavam fazendo mais força do que nós. Logo depois chegou um bando de moleques, aqui da rua, e em cinco minutos estava tudo dentro de casa. Pois assim como apareceram, eles sumiram. Como uma lufada de vento, um vento azul feito uma brisa, uma brandura.

Minha mãe aparece na porta e me pergunta se quero um refrigerante, porque água gelada ainda não tem. Nunca vi minha mãe assim, um pano amarrado na cabeça, os olhos empapuçados de cansaço. Ela ainda não parou de trabalhar. Da porta, onde está, ela olha para os lados, examinando, o olhar enrugado, cheio de medidas. Eu sei o que ela está sentindo. Há pouco também dei meu passeio pela casa e tive uma sensação estranha, alguma coisa que não batia, vendo os móveis em lugares diferentes, umas combinações que parecem ridículas. Em São Paulo, a casa, com tudo que havia dentro, parecia ter nascido assim, era uma coisa natural como uma planta com galhos e folhas que já existiam na programação da semente. A cozinha, essa aí, ficou esquisita com a mesa na frente da geladeira e o fogão bem longe da pia, os lados todos invertidos. Sensação bem enjoada, esta, de ser uma casa estranha que nós estamos invadindo. Isso me deixa a pele um pouco eriçada de desconforto.

Quando tio Leonardo chegou, pouco antes do meio-dia, trazia uma notícia e um convite escondidos por trás daquele sorriso dele. Não é que antes eu não gostasse do tio Leonardo, não é isso. Para mim, ele era apenas o tio do interior, um homem que poucas vezes vi na vida. Agora começo a achar que tio igual a ele não existe outro.

A maioria dos móveis estava ainda fora de lugar e o tio entrou esterçando o corpo, pisando com cuidado, moroso, desviando-se das trombadas. Me encontrou na cozinha, instalando o botijão de gás e perguntou por sua irmã, a senhora minha mãe. No quarto, respondi, montando as camas. Ele me deu um tapinha no ombro, sorrindo, e disse, Grande Artur, mas disse de um jeito que eu me senti elogiado, bem homem, um trabalhador. Perguntou pelo Tadeu e o Pérsio, e eu disse que tinham ido almoçar. Ele olhava tudo com muita simpatia, as sobrancelhas erguidas, o beiço esticado e a cabeça sacudindo, aprovadora. Depois me disse que já tinha mandado instalar o telefone aqui em casa, e disse isso piscando, só que não entendi por que ele piscou, que intenção maliciosa poderia existir nessa sua informação?

Ouvindo a voz do irmão, minha mãe apareceu na cozinha e os dois se cumprimentaram bem como irmãos, mesmo, com amizade. Isso me dá um conforto dentro do peito, um conforto quente, porque durante uns tempos ouvia dizer lá em casa que os dois não se davam muito bem, que tio Leonardo criticava muito meu pai. Depois dos cumprimentos, ele nos convidou para almoçar na casa dele. Minha mãe agradeceu e disse que não, que já tinha comprado uns sanduíches e refrigerante, porque assim a gente não perdia muito tempo. Hoje a gente já dorme aqui, ela disse com certo orgulho. Se aprovei a recusa do convite, porque não tenho vontade de encarar tia Rute, também lamentei, pois tinha esperança de ver a Mari. Tio Leonardo não insistiu, Você é quem sabe. Então contou que conversou muito tempo com o dr. Farid, um neurologista daqui. E que é verdade, sim, existem casos em que um comatoso recupera a consciência depois de muito tempo.

Minha mãe coloca uma cadeira ao lado da minha e abre dois refrigerantes. Estamos cansados e sem muita disposição para conversar. Permanecemos mudos um ao lado do outro. Quando canso, me dá vontade

de não existir, de não mexer nem os olhos. Não consigo esquecer o que tio Leonardo disse a respeito de meu pai. A lembrança dele e saber a que distância ficamos me deixa com vontade de chorar. Também não choro, que a minha energia acabou.

Já reconheço o ronco do motor do carro dela, por isso o sangue começa a me correr mais rápido nas veias. Reajo com violência e consigo dar um pulo da cadeira. Minha mãe me olha espantada, sem entender, e eu digo que a Mari finalmente chegou. Ela pergunta por que "finalmente" e fujo sem saber que resposta dar. Quando a encontro no portão, acabo de me convencer de que nunca estive tão apaixonado em toda a minha vida.

Quando Marília vê minha mãe na varanda, pergunta, com um sorriso de alegria, Então, quer dizer que a casa já está pronta?, e só agora me dou conta de que o milagre aconteceu e que o caos da manhã transformou-se em ordem. Algumas coisas só percebo quando são ditas, porque eu sou assim, meio distraído do mundo.

Marília recusa a cadeira dizendo que tem muito o que estudar neste resto da tarde, mas que à noite vem me buscar para um chope na avenida.

# 14
# Notícia ruim

Esta noite me desandei fora de qualquer trilho, uma raiva grossa e pesada puxando meu corpo pra baixo. Com força de vertigem. Há duas semanas que durmo nesta cama, no mesmo lugar do quarto, e agora me sinto estranho, desprotegido, como se estivesse deitado num banco de jardim, exposto. Não tive o que dizer, não me defendi. Ouvi tudo concentrado dentro da minha própria boca, as mãos fechadas escondidas nos bolsos. Ouvi mais foi com os olhos parados, inteiramente estúpidos, uma coisa como um transe que eu não entendo. Gelo no peito e na barriga, gelo na testa suada.

O tempo, no escuro, não anda?

De toda esta raiva que me mantém amarrado em meu corpo, nasce, enfim, uma alegria má, destilada de meus venenos: agora tenho uma razão para vingança. É o fim da trégua. Bem vi que minha mãe concordava com tudo. E eu lá sozinho, naquela sala, resistindo apenas com meu silêncio cheio de raiva. Me destruíram sem piedade, mas hão de sofrer mais do que eu.

Na quarta-feira, depois de nossa mudança, já estava sentado dentro de uma sala de aula, sentindo aquela impressão ruim de quem está do lado de dentro da jaula. Não sei falar como eles e a turma em pouco tempo se tocou que não sou daqui. Fiquei na minha, sem me mostrar. Alguns professores ainda perguntaram uma coisa ou outra e assim o pessoal ficou sabendo que vim da Capital. Eu disse aquilo até meio envergonhado, não querendo jogar minha origem pra cima.

No segundo dia de aula já me rodearam. Um grupo veio perguntar se jogo, o que jogo, essas coisas, porque na Semana da Criança, em outubro, vai haver torneio interséries. Não deu outra: já sou titular. No primeiro treino, marquei um gol e dei bola pra mais dois.

Amanhã começa minha guerra. Tenho de esperar até amanhã. O tempo, no escuro, não anda? Não sei há quanto tempo estou deitado. Os ruídos da rua acabaram, mas não sei medir o tempo que faz. Sensação de que desta vez fiquei ainda mais sozinho no mundo. Se conseguisse dormir, não me pesava o tempo assim parado. Quando minha mãe vier me acordar, vai ter uma surpresa. Não vou mais à escola, mãe. Pra mim, está tudo acabado. Tenho de trabalhar?, muito bem, trabalho. E sem reclamação. Trabalho, sim. Mas o meu futuro acabou aqui. Vou dizer tudo isso e, dependendo do que ela disser, digo ainda muito mais. Acabou escola, acabou futebol, amizades que mal iniciavam. Vou ser operário do meu tiozinho querido.

Minha mão sai em busca da parede e já sei pra que lado não caio. Mas só isso. Não me oriento neste quarto, por isso parece que ele fica girando, oscilando, um imenso carrossel. Tem algum vizinho vendo televisão. Alguém que não consegue dormir e acha a noite muito comprida. Eu não quero ver televisão. Preciso me organizar dentro desta raiva, concentrar minha vontade de vingança. Todos eles me enganaram. Agora um carro está passando devagar aqui na frente. Para e bate a porta. Podia ser a Marília, em missão de desmentir seu pai. Será que a Mari sabia de alguma coisa? Difícil que não soubesse.

Semana passada fiquei conhecendo uma turma de amigos da Mari. Uma noite fomos tomar chope num barzinho lá na avenida, outro dia fomos tomar sorvete na praça. Por onde ela anda, encontra conhecidos. No sábado, ela me levou a um baile no Espigão, um clube que fica perto da casa dela. Encontrei uma porção de colegas de classe lá. As pessoas daqui parece que andam sempre no mesmo lugar, emboladas em turma, dando voltas. A Mari andou pra todo lado comigo e agora me escondo numa fábrica escura, fedorenta, imunda, sem ver mais ninguém. Nem ela.

Quando cheguei da rua e minha mãe contou toda alegrinha que tio Leonardo nos pegava logo mais para jantar na casa dele, precisava falar comigo, tomei banho correndo e botei roupa de missa. Tomaríamos, ele e eu, algumas decisões a respeito de meu futuro. Ela me olhou reprovando, mas não percebi na hora, porque achava que meu futuro já estava começando. Nem os gêmeos, durante o jantar, me pareceram irritantes.

A televisão do vizinho emudeceu. Será que é muito tarde?

Uma vaga de aprendiz, sabe, em pouco tempo, com boa vontade, aprende o ofício e o salário dobra. Minha mãe ficava sacudindo a cabeça, concordante. Que sim, que era isso mesmo. Eu mudo, calado, só pensando em tudo que perdia e na ideia de vingança que me entrava pelo corpo como uma espécie de alívio, uma força que não me deixava desabar. Nunca tinha reparado quanto minha mãe e tio Leonardo são parecidos: o mesmo olhar seco metálico, os mesmos lábios finos tapando a boca, escondendo os dentes.

# 15
# Adeus à escola

Me ligo demais em olhos porque adivinhar sua linguagem me dá muito gosto. Eu adivinho. Estava sem nenhuma vontade de vir almoçar na casa deles, mas sozinho naquele endereço novo e sem almoço não ia ficar. Sem almoço e sem ver a Mari. Principalmente por causa dela que eu vim. Agora tenho de ficar suportando o olhar da tia Rute, esse olhar onde posso adivinhar um sentimentozinho de triunfo, o prazer mal escondido de me ver derrotado. Ela até sorri, mas com um lado só da boca, e é um sorriso como se fosse um bafo por cima de mim, um jeito escarninho, porque ela sabe que a partir de amanhã não passo de mais um empregado deles. É fácil adivinhar minha tia inteira por causa da esperteza que ela julga ter. Seu rosto está sempre criando umas nuvens de diferenças, retoques.

Será que tia Rute desconfia de alguma coisa? Acho que nunca dei bandeira.

Sinto algum alívio porque as duas se param a conversar sobre igreja, ela e minha mãe. Você não sabe a missa que perdeu hoje, Alice. Minha mãe, que não é muito chegada em igreja, fica quieta, mastigando, mastigando, como se não pudesse responder. Tia Rute começa a falar na falta que a religião faz em uma família, na formação dos jovens etc. Minha mãe abana a cabeça, que sim, é mesmo, tem razão. Assim as duas. Aproveito a distração delas pra engolir a sobremesa: uma musse de chocolate com sorvete de baunilha. Isto aqui está bom demais.

São mesmo muito parecidos, minha mãe e seu irmão. Lábios finos, queixo agudo, testa comprida. Os dois. Não consigo cruzar olhos com meu tio. Ele tentou fazer graça, quando chegamos.

— Então, Artur, amanhã é o grande dia? — sorriso de lábios finos escondendo os dentes.

— É.

Respondi erguendo os ombros, que significa, pois é, não tem mesmo outro jeito. Ele deve ser meio retardado porque não me entendeu e continuou:

— Você vai gostar de lá, pode crer.

Não sei quando foi que adormeci, mas foi muito tarde. Não conseguia fechar os olhos, que ficavam piscando no escuro. Quando por fim acordei, minha mãe me chacoalhava como na quarta-feira:

— Artur, meu filho, acorde, menino.

Esfreguei os olhos, que era um modo de me lembrar do que tinha resolvido enquanto não dormia.

— Que que foi?

— A escola, Artur. Você vai perder a aula.

Sentei na cama, abri bem os olhos, porque não queria perder o efeito da minha vingança.

— Eu não vou à aula, mãe.

— Como não, hoje não é feriado!

— Eu não vou.

— Não comece com isso outra vez, Artur. Você já perdeu muita aula este ano.

Então a encarei, querendo ver até o fundo por dentro dela, querendo ver a cor da ferida que a minha resposta ia causar.

— Nunca mais vou à escola, mãe. Agora eu sou um trabalhador.

— Pare de dizer bobagem, menino, que você acaba perdendo a hora.

Ela não acreditava, por isso seu susto não acontecia, como eu esperava que acontecesse. Mudando rapidamente meus planos, fui até o banheiro e lá me demorei, dormi sentado no vaso, escovei os dentes duas vezes, fechei os olhos debaixo do chuveiro, água morna me acariciando a pele, me limpando do sono.

Então minha mãe bateu à porta:

— Artur, o que é que está acontecendo, meu filho?

Saí devagar na direção da sala.

— O café, Artur, acaba esfriando. Faltam cinco minutos pra dar o sinal. Vamos, Artur, pare com esta brincadeira.

— A senhora ainda não se convenceu: eu nunca mais vou à escola. Pra mim acabou.

Minha mãe resolveu me levar a sério. Sentou-se na minha frente e se serviu antes de falar num tom que me pareceu de preocupação. Seus olhos se afinaram imitando os lábios.

— Tudo bem, hoje você fica em casa.

— Hoje, não, mãe, eu não vou voltar àquela escola.

Os olhos dela se umedeceram mas acho que foi do vapor do café, que subia até seu rosto e desaparecia no meio de seus cabelos.

— Artur, preste atenção. Segunda-feira você começa a trabalhar com seu tio. Então não vai ser possível frequentar a escola de manhã, mesmo. Esta semana você fique em casa. Na segunda eu vou até a secretaria da escola e peço sua transferência para o curso noturno.

— A senhora nem perca seu tempo, porque à noite eu não frequento mas é coisa nenhuma.

Terminamos de tomar o café em silêncio. Eu me sentia magoado com o que fazia, e ao mesmo tempo estava contente por estar pondo em execução minha vingança.

Tio Leonardo sai da mesa bocejando e acho que vai dormir. É o sinal para que todos se levantem e procurem um rumo para esta tarde vazia de domingo.

Justo hoje, que eu pretendia botar meu coração no colo da Mari, estas duas pestezinhas não desgrudam. Ouviram falar em praça e pularam da cadeira. Às vezes tenho a impressão de que estes dois estão amarrados por dentro, duas molas com o mesmo comando. Parece um jogo de espelho: as imitações. A Mari não se incomoda com a companhia deles.

Não sei se minha prima já está sabendo de alguma coisa, mas de repente se vira pra mim:

— E na escola, tudo bem?

Demoro para responder, faço suspense.

— Não tem mais escola, Mari.

— Não entendi.

— Acabou, Mari. A partir de amanhã sou mais um empregado de seu pai. Não tem mais escola.

A surpresa dela parece verdadeira.

— É, eu ainda não tinha pensado nisso. Papai comentou por alto em casa sobre o convite que fez a você.

O casal de pestinhas ocupa a melhor sombra da praça, fazendo uma algazarra que me bate nos nervos. Olho pra eles com minha raiva na ponta dos olhos, mas eles não me respeitam. A Mari não os repreende.

— Acho que você vai ter de ser transferido para a noite, Artur.

Ela raramente pronuncia meu nome. Então sei que está sendo formal comigo.

— Nem pensar. À noite não estudo.

— Bobagem, priminho, é tudo igual. Em pouco tempo você se acostuma.

A mancha de sol que se derrama aqui neste banco me irrita. Me irrita esta situação: eu querendo falar de nós dois e o casal de gêmeos grudados na gente.

Passa um bando de conhecidos da Mari e me sinto aliviado porque apenas cumprimentam de longe. Uma das meninas, porém, olha pra trás e pergunta:

— Oi, Marília, este aí é seu primo que veio de São Paulo?

E o bando dá meia-volta e vem ao nosso encontro. Tenho de me levantar e apertar todas aquelas mãos estendidas. Eles dão muita risada e eu não sei o que dizer nem o que fazer. Enterro meus olhos no chão junto com meus pensamentos e espero que eles se mandem. Pelo contrário, começam a se aboletar nos bancos, na grama, conversando e rindo como se não estivessem atrapalhando.

Um deles diz que é da minha classe. Por vergonha, não digo nada, não declaro com raiva e solenidade que eeeera da minha classe. Fico quieto, o rosto quente, talvez vermelho, porque o vermelho é a cor da minha irritação.

# 16
# Descobri minha mãe

Não é este filme chato que me segura aqui na sala. É a companhia. Hoje eu estou bem adulto porque descobri minha mãe. E descobri tanto e de tal jeito que de repente ela ficou uma mulher bonita.

Foi na porta da sala que nos encontramos quando cheguei do serviço. Minha mãe recebeu o dinheiro na mão espalmada como mão que recebe e não conseguiu fechá-la. Olhando. Meu segundo salário. Esses dois últimos meses passaram por cima de mim como jamanta furiosa. As mudanças que me aconteciam não me davam tempo de entender. Vivi os fatos todos pelo lado de dentro, completamente sem distância: era um mergulho. Não cheguei a morrer, como muitas vezes pensei. Até desejei. Maior castigo, o melhor de todos. Era um pensamento que não tinha progresso porque não ficaria por aqui para conferir o resultado. Resisti sem muita noção de que aquele esforço todo era uma resistência. Tinha dias que até caminhar me doía. Trancafiado naquela fábrica das sete às onze, depois da uma às cinco, sem descansar, no início pensei que não aguentava. Hoje eu vim cansado, mas não daquele jeito. Até tinha ideia de encontrar uma turma lá da fábrica à noite. Dia de pagamento, íamos sair e tomar alguma coisa. Eles já devem ter desistido de me esperar.

Finalmente ela sacudiu a cabeça, como se estivesse chegando de volta. E fechou a mão com o maço de dinheiro. Nossas relações só vinham piorando desde que comecei a trabalhar. Chego sempre do serviço morto de cansaço, tomo um banho, janto e fico vendo um pouco de televisão. Até dormir. Raramente trocávamos duas, três palavras. No início ela tentou me convencer a transferir minha matrícula para o noturno. Depois de se convencer de que não adiantava insistir, fechou-se como eu, vivendo no escuro do silêncio. É assim que temos dividido o espaço desta casa. No escuro do silêncio.

Hoje eu cheguei como todos os dias: suor pingando na calçada. Precisava tomar uma ducha com urgência antes que o suor me dissolvesse. Ela ficou parada na sala e eu não sabia qual era o pensamento doente dela. Só tinha corpo implorando água morna.

Desde que comecei a trabalhar entrei no prejuízo e não saí mais. Abandonar a escola é uma coisa que ainda me dói no corpo e na consciência. Não sei o que meu pai acharia disso. No início era só aquela doença da vingança: me vencem mas são castigados. Agora eu acho que ia ser muito difícil vencer o cansaço e ficar na escola até umas dez e meia. A Mari diz que não, que tem muita gente que faz isso. Neste tempo todo venho ensaiando pegar a cretina de jeito pra dar um xeque-mate nela, mas ainda não consegui. Não entendo minha prima. Tem hora que me trata como se a Terra fosse povoada só por nós dois, dali a pouco me dá uma gelada e finge que nem me conhece. Fico doido. Quando surge uma oportunidade de falar, me falta coragem, não engreno o assunto, fico atordoado; quando me sinto no embalo, cheio de vontade, aparece alguém, ela desconversa ou foge, dizendo que precisa estudar. Por causa desta merda de trabalho quase nunca tenho oportunidade de encontrar a Mari. Minha vida ficou bem mais difícil. Já pensei até em fugir: Belo Horizonte, talvez, os irmãos do meu pai.

Tudo bem medido, não me importei nem um pouco de jantar sozinho. Meu pai que tinha o costume de dizer isso: Tudo bem medido. E esse verbo no passado, "meu pai tinha", de onde saiu esse verbo no passado? Será que eu também, que até eu? Como se ele não existisse mais. O remorso é maior que um urso e tão peludo quanto. Ele não cabe dentro da gente e incomoda. O remorso nunca me larga completamente, ele me ronda, me espia, ele confere tudo nas prateleiras da minha cabeça. Às vezes eu sinto muito remorso de não ficar o tempo todo tendo pena do meu pai. Eu não penso nele como devia. Cada vez penso menos nele. E isso é uma sujeira minha, uma traição.

Em cima do fogão encontrei a panela com macarrão: alho e óleo. Ela sabe do que eu gosto e tentou me agradar. Mas me deixou jantando sozinho. Não era a primeira vez, não liguei muito. Lá em São Paulo a gente sempre tinha sobremesa. E refrigerante. Era só nisso que eu pensava enquanto comia.

Terminei de jantar e fui procurar minha mãe. Não gosto de pedir dinheiro pra ela, mesmo assim entrego tudo que recebo, como ficou combinado. Quando preciso me vejo obrigado a pedir.

Ela me olha rindo porque viu alguma coisa engraçada no filme e pensa que eu também estou acompanhando. Não sei do que estou rindo, mas é um riso de gosto, de um sentimento que não pode ser alegria porque é muito maior. Acho que é felicidade. Ela me vê rindo e fica muito feliz, eu sei, porque não consegue mais parar. Estamos os dois atacados. O cara sem cabelo, agora, se levanta e começa um discurso. Minha mãe se liga outra vez no filme.

Entrei no quarto, procurando por ela, e levei um susto com o vulto estendido em cima da cama. Era o vulto dela, claro, mas era um vulto, não era ela. Ela estava desmanchada.

— Mãe.

Ela não respondeu, então percebi que ela estava chorando. Fiquei uma estátua arrepiada, sem coragem de continuar pedindo mas também sem coragem de ir embora. Dei um tempo. Minha vista se acostumou com o escuro e minha mãe se figurava outra vez como ela é. Seu corpo se sacudia, o rosto enfiado no travesseiro. E eu ali parado — não continuava nem ia embora.

— Mãe.

Cheguei a pensar que estivesse chorando por minha causa. Meus silêncios, meu rancor exposto como ferida, minha vingança. Era difícil decidir entre a alegria da vitória e o remorso de haver causado algum sofrimento. Era isso que não me deixava sair do lugar.

— A senhora está chorando?

Claro que a pergunta era totalmente idiota, mas eu precisava fazer ou dizer alguma coisa e não me ocorreu nada melhor do que uma idiotice.

Quando perguntei aquilo, minha mãe se sentou na cama, me olhou e se jogou em mim. Um susto.

— O Anselmo, Artur. Mais de meio ano sem o Anselmo, Artur. Não aguento mais, não aguento de saudade do seu pai, eu acho que vou arrebentar, meu filho.

E por ter começado a me dizer aquilo, o choro dela aumentava e eu não sabia o que dizer, completamente besta, porque era uma coisa desconhecida, mi-

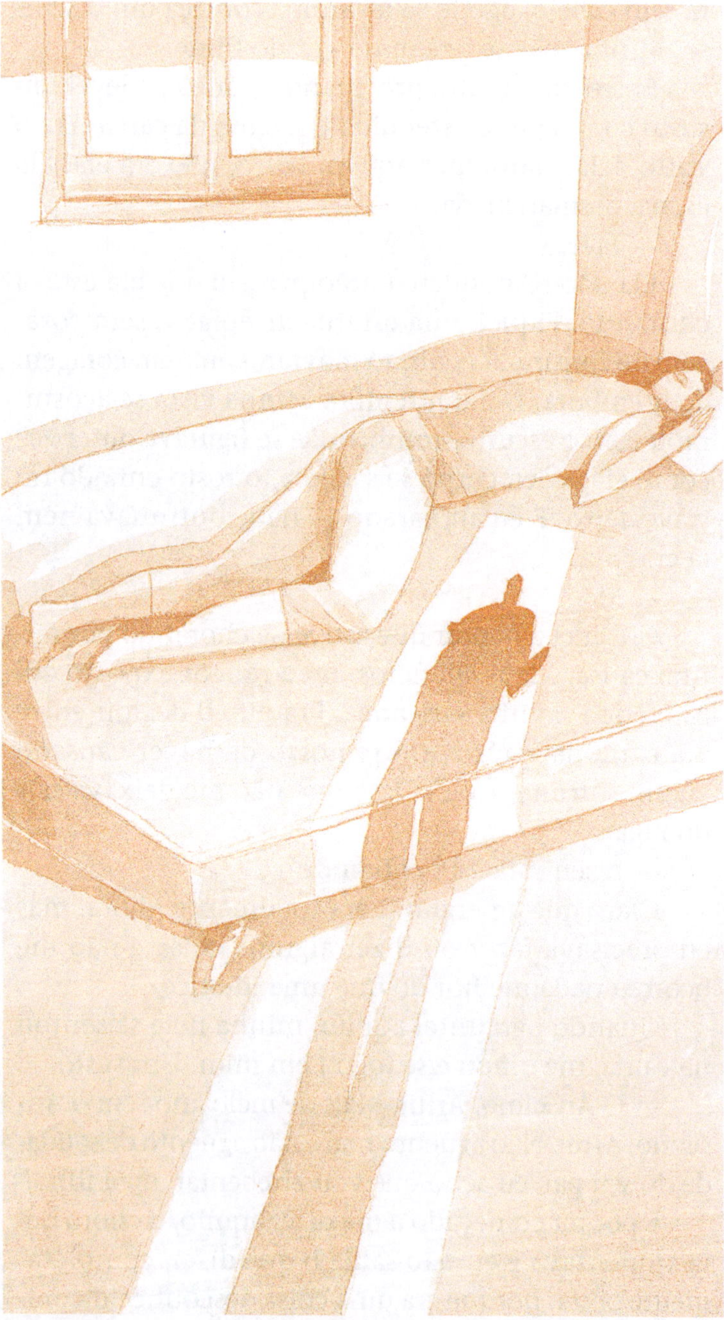

nha mãe chorando. E por meu pai. No início me segurei muito, quanto pude, imaginando que ridículo eu estava, se alguém me visse. Pouco tempo. Aceitei seu abraço e misturei minha baba com a dela. O tempo todo, a vida inteira, até cansar. Então cansamos. Por isso fomos juntos lavar o rosto e viemos os dois sentar na frente da televisão. Os olhos inchados dela é que a fizeram ficar bonita. Por causa dessa descoberta, desisti de sair com meus amigos esta noite.

# 17
# Adoro ovo frito

Num dia como hoje, um dia inteiro transformado em chuva, a gente cansa menos: deleite do corpo. Percebi que tinha anoitecido mais cedo quando cheguei em casa e tive de acender a luz. Pleno dezembro e a pele arrepiada de gozo por causa desta brisa úmida e fria.

Estranhei que minha mãe não estivesse me esperando, mas eu nem tinha saído ainda do banho e já ouvi seu barulho dentro de casa. Um barulho todo molhado de chuva. Demorei um pouco me penteando (acho que preciso cortar o cabelo), por isso ela bateu à porta do banheiro.

— Artur, você já vai sair?

— Só um instantinho, mãe.

Pensei que ela estivesse com alguma necessidade urgente e me apressei. Ao abrir a porta, vi seu cabelo brilhando de chuva e seus olhos brilhando de uma alegria juvenil. Minha mãe. Ela não queria entrar no banheiro.

— Dá cá um abraço — me puxando contra ela.

Abracei sem saber por que e também porque há um mês a gente vem vivendo bem como mãe e filho, que nós somos. Ela me apertou muito antes de ver meu espanto.

— Estou empregada, meu filho!

— Como assim, empregada?!

— A sua mãe, Artur, faz uns dias que vem correndo a cidade, procurando serviço. Não quis te contar nada antes de ter certeza. Hoje assinei contrato de experiência de noventa dias. Se der conta do serviço, o emprego é definitivo.

— Jura, mãe!

— E com carteira profissional assinada. Amanhã já entro às oito.

— E o serviço é bom?

— Digitadora na maior gráfica da cidade. A funcionária que trabalhava lá casou e foi cuidar da casa e do marido.

Tínhamos vindo até a varanda, então nos demos as mãos e começamos a dançar.

Em pouco tempo estávamos exaustos, por isso resolvemos sentar aqui. Ela me afagou os cabelos, encheu as mãos com minha cabeça, me beijou a testa muitas vezes. Acabou o sufoco, ela repetia, acabou o sufoco. Agora podemos visitar seu pai quantas vezes der vontade.

— Mãe, a senhora já ouviu falar em eutanásia?

— De onde você me tirou isso, menino?!

— Lá no serviço me disseram que tem gente por aí achando que meu pai não volta mais a ter consciência e que a melhor solução é desligar o fio dos aparelhos.

Ela ficou muito séria, acho que até chocada. Demorou a comentar.

— Eu sei que tem. Já me sugeriram isso.

— Quem foi que sugeriu?

— Alguém, Artur.

— Mas quem? Eu preciso saber!

— Isso não importa, meu filho. Ninguém pode fazer nada contra ele.

Claro que perguntei apenas por querer confirmação de minhas suspeitas. Já ouvi reclamações contra despesas inúteis. Não de maneira aberta, mas entendi muito bem.

Ela me deu mais um beijo na testa e foi preparar nosso jantar. Pelo chiado da frigideira vamos ter ovo frito esta noite. Adoro ovo frito.

Se continuar chovendo deste jeito, vai ser meu melhor sono desde que viemos morar aqui.

# 18
# Nem parece Natal

De algum tempo pra cá comecei a topar com diversas fisionomias desconhecidas que andam desfilando pelas ruas da cidade. Forasteiros, pensei, e meu pensamento era só uma sensação de desconforto, porque ninguém gosta de ter seu espaço invadido. Não sei como, a verdade, porém, é que São Joaquim acabava de ser lançada como espaço meu em minha contabilidade afetiva. Então fui apresentado a algumas dessas fisionomias e me dei conta de que as férias já começaram. É muito ruim ficar de fora das férias, como se elas fossem uma coisa alheia, um privilégio de que não participamos. Principalmente agora, que a Mari entrou em regime de vestibular e não para mais em casa, cada dia tem prova em uma cidade diferente. Demorei um pouco para entender o fenômeno: os alunos do terceiro ano desaparecem, a partir de dezembro, disputando vagas em várias cidades e muitos deles viajando até mesmo para estados distantes. Em compensação, na mesma época vêm chegando os estudantes universitários, os que estudam fora.

Hoje é véspera de Natal e estou sozinho com minha mãe em casa. Resolvemos ficar aqui, isolados, curtindo nossa dor. A alegria dos outros nos incomodava. Mesmo porque ninguém me faria aturar a cara de tia Rute depois do que ela disse no almoço. Sozinhos em casa, nós dois, resolvemos. Desde o mês passado, quando descobri minha mãe, temos passado juntos os principais lances de nosso drama. Foi muito bom tê-la descoberto. Mesmo assim, o sentimento principal que tenho carregado comigo neste último mês é de uma terrível solidão. Sem o apoio que temos dado um ao outro, acho que eu já teria enlouquecido.

Ela aparece outra vez na porta da cozinha.

— Você não quer entrar, Artur?

Ela sabe que não quero, que me sinto sufocar de calor dentro de casa, mas pergunta isso porque tem vontade de falar comigo, começar assunto. Ela também se sente muito só. Várias vezes já me disse isso.

— Não quero, não, mãe. Aí dentro está muito quente.

— Então vou desligar a televisão. Você toma alguma coisa?

— Se tiver um refrigerante...

Este mês não estamos muito folgados de dinheiro, mesmo com minha mãe ganhando bem, como parece que está, porque ela passou dois dias em São Paulo. Voltou ontem de lá. Voltou acabrunhada, parece que um pouco cética com respeito à cura de meu pai. Disse que ele está na mesma posição, sem mudar nada, mas um pouco mais pálido. E mais magro. Contando isso, os lábios dela tremiam, mas não chorou porque ela continua achando que tem de fazer a forte. Conversou com vários médicos e nenhum deles deu ou tirou esperança. Pior de tudo: o dr. Fontoura Dias voltou para Recife, sua cidade. Tudo isso ela tinha contado pra mim, logo depois que chegou, e hoje teve de repetir na casa do tio Leonardo, na hora do almoço.

— Sete meses, já, hem, Leonardo! Sete meses. É um bom tempo, não acha?

O tio parece que estava mais a fim era de escutar. Mastigava rápido, não sei se por mastigar sempre desse jeito ou se incomodado com o assunto.

— Sim, um bom tempo — ele repetiu quando parou de mastigar.

— E os médicos garantem a cura dele, Alice?

— Não, eles não garantem. O dr. Galdino Ribeiro, o neurocirurgião que tomou conta do caso do Anselmo, ergueu os ombros e disse que é impossível qualquer prognóstico.

Tia Rute me procurou com seus olhos de cometer maldade. Ela parecia dizer que a vingança era porque eu andava atrás da filha dela. Foi assim que entendi o que aconteceu. Assim mesmo. O que ela disse, então, ela disse me olhando.

— Eu, o que acho, é que é um dinheiro jogado fora. A gente gasta um rio de dinheiro sem ter esperança nenhuma.

Minha mãe tentou me segurar, mas eu já estava de pé, olhando pra bruxa.

— A senhora pode não ter esperança, sabe.

As coisas que eu dizia passavam arranhando a garganta. Falar era muito apertado.

— A senhora não tem porque a senhora só pensa no seu rico dinheirinho. Pois eu pago tudo. Nem que tenha de trabalhar pelo resto da minha vida, eu pago tudo, ouviu, tia?! Mas ninguém vai tocar no meu pai até o dia que ele sair de lá. Caminhando, ouviu, tia?!

A essa altura eu já estava chorando, minha mãe gritava comigo, para que eu parasse, os gêmeos tinham saído correndo da mesa. Até agora não entendo como foi que consegui dizer aquilo tudo, eu, que não sou de muita fala.

Hoje à tarde, quando a gente discutia se passava a véspera de Natal com eles ou não, minha mãe comentou com voz distraída:

— Sabe, meu filho, na hora fiquei muito incomodada, porque, enfim, eles estão ajudando muito a gente, e você foi muito agressivo com sua tia. Isso dá um pouco de medo, mas não acho que você estivesse errado, não. O que você fez foi exatamente o que eu pensava que você deveria ter feito. Eles calaram a boca.

Ficamos um tempo sorrindo nossas felicidades. Tão contentes que vertemos lágrimas.

Minha mãe vinha trazendo meu refrigerante mas o telefone começou a tocar e ela voltou.

— Não, Leonardo. Nós preferimos ficar sozinhos hoje. Não, meu irmão, nada disso. É, eu estou muito cansada da viagem. Não, Leonardo, claro que não. Ele é uma criança... Sei. Ah, você também? Não, acho que a Rute não disse aquilo por maldade, claro que não. Eu sei. Pois é, mas sabe que o menino... ainda bem, meu irmão. Obrigada, dou sim. Muito obrigada. Até amanhã.

Depois de sentar a meu lado, nós ficamos sentados um ao lado do outro, como temos feito ultimamente, ela me conta a conversa com seu irmão. Que eles não ficaram bronqueados, porque, enfim, filho que é filho etecétera e tal, que a tia Rute não tinha dito aquilo por mal também etecétera e tal. Conversamos um pouco e agora estamos sentados aqui na varanda. Um ao lado do outro. Algumas palavras esporádicas, então longos silêncios, uns silêncios que nos preenchem porque estamos juntos e o silêncio não é uma coisa ruim.

— Sabe, Artur, uma coisa que ainda não contei pra vocês. Esse dr. Galdino Ribeiro, que está cuidando de seu pai...

Ela faz uma pausa que me angustia.

— Ele o quê, mãe?

— Esse dr. Galdino me sugeriu que autorizasse uma nova cirurgia. Ele disse que andou estudando o caso do Anselmo e acha que pode estar havendo uma... um hidro... uma hidro... não me lembro do nome.

— E o que ele diz?

— Bem, garantia, meu filho, não existe de nada. Ele se propõe a fazer mais uma tentativa.

A ideia de repente me assusta.

— Quer dizer, ou vai ou racha! Ou sara duma vez ou desocupa o lugar, não é, mãe!

— Não, Artur, não é bem assim. Ele disse que existem muitas chances de dar certo.

Fico quieto, emburrado, pois a impressão que tenho é a de que querem que ele morra logo pra desocupar a cama na UTI. Minha mãe percebe que estou tenso e toma minha mão entre as suas. Não resisto e me desarmo. Sei que ela não vai nos trair.

# 19
# Um cara que veio de longe

O mundo volta a girar dentro da minha boca e parece que preciso vomitar outra vez. Minha mãe, preocupada comigo, também veio embora. Acho bom, porque não fico sozinho, mas estou com remorso por ter estragado a festa de todo mundo. Não posso fechar os olhos que o quarto aderna comigo dentro. Instrução: ficar de olhos bem abertos e só vomitar no vaso sanitário. Será que chego até lá? O piso do quarto é um ímã oscilante, meu Deus, ele me puxa pra baixo, eu vou cair. Mãe, eu vou cair. Minha voz cheia de baba e lágrimas.

Não consigo ir além do corredor, que lavo de cheiro azedo e um líquido amarelado com pedaços de carne. Minha mãe me leva de volta pra cama. Sozinho eu me amontoava em cima daquela lagoa nojenta. Me sinto cansado e com sono e acho que vou dormir. Já deve estar quase amanhecendo. Nunca mais quero acordar.

No caminho ia pensando pra ter umas ideias organizadas quando chegasse à casa da Mari. Minha prima, desde o primeiro dia que te vi. Não, horrível, pois se nem me lembro mais da primeira vez que vi minha prima. Acho que andava de fralda mijada. Melhor assim: Minha prima, há muito tempo que preciso te confessar uma coisa. Ainda não. Minha prima já é um modo de enfiar família no meio. Não é bom. Então: Marília, eu... Pior ainda. Marília é muito distante, não serve. Mari é melhor. Mari, preciso te confessar que você é a garota mais linda que eu conheço. Também não é bom. Por que será que isso é tão difícil? Com Marcela foi tudo muito simples: Você tá a fim? Hum-hum. Em seguida, aquele beijo que nunca mais na vida vou esquecer. A Mari também não ajuda muito, como foi com a Marcela: os olhos se encontraram e disseram tudo.

Cheguei à casa do meu tio às dez em ponto, como tinha combinado, e quem foi que veio me atender? Eu, com tudo ensaiado, o coração batendo perto da boca, a vista embaralhada de emoção e quem foi que vi? Os gêmeos, é claro. Logo depois ela desceu e ficamos sentados na varanda. Eu só esperando a oportunidade de usar aquelas frases que tinha decorado no caminho, mas quem diz que o casal de gêmeos dava uma brecha? Jurei, naquela hora, que um dia ainda mato um dos dois bem devagarinho, aos poucos, como eles fazem em filmes sobre torturadores.

A noite estava quente, as ruas muito movimentadas. Tio Leonardo tinha convidado minha mãe e eu para que a gente passasse o *réveillon* com eles no Espigão. Não é sempre que nós podemos ir ao clube, pois não somos sócios, mas como convidados do tio e depois daquele incidente na véspera do Natal, minha mãe achou que a gente não podia recusar o convite. Saímos a pé, a Mari, duas primas dela, que eu não conhecia e eu, pela calçada, para aproveitar a noite. Minha mãe viria mais tarde com o tio e a tia. De carro, claro. Estive a ponto de agarrar minha prima nos trechos mais escuros do percurso, tamanha era a sede que eu sentia dela. Muitas vezes cheguei a abrir a boca para recitar minhas frases de conquistador, com muito mel como a gente vê nos filmes. Aqueles diabos das primas dela deram oportunidade? Claro que não. Elas chegavam de repente, correndo e gritando e eu me perdia no meio de minhas palavras.

Minha mãe ergue meu corpo, me senta na cama, toma, Artur, toma, vai fazer bem, meu filho. Não sei o que é, mas me deixo nas mãos dela, faça de mim o que quiser. Além dela, não tenho mais ninguém neste mundo. Minha mãe.

Sou mais é do rock, sem jeito pra dançar colado, rosto com rosto, essas coisas. Mesmo assim, é na hora da dança, pensei. Na hora da dança ninguém no mundo vai me atrapalhar. Porque de uma dança ninguém foge: os dois presos um no outro até o último acorde. Aí sim, muito obrigado, etecétera e tal, as mesuras e despedidas.

Quando chegamos ao salão, nossas famílias já estavam lá. Conversavam e riam como deve acontecer em uma festa alegre. Todos nós com nossas melhores roupas, muito vistosos, a felicidade desenhada em nossos rostos. Minha mãe e eu não tínhamos razão nenhuma de alegria, mas tínhamos combinado fazer o possível para não destoar dos outros. Como eu previra, fomos engolidos pelas famílias, que nos carregaram, arrastaram, nos sentaram onde quiseram.

No caminho, a Mari tinha dito que me faria uma surpresa. E não demorou muito para que me surpreendesse. Já dentro do salão, ela sumiu por alguns minutos e, quando voltou, estava acompanhada por uma daquelas fisionomias de forasteiros com que eu vinha me acostumando. Mais um, pensei. E estava enganado, porque não era mais um.

À medida que eles se aproximavam, o Homero e ela, os dois, de mãos dadas, eu me sumia de mim pra dentro da cadeira, escondido. Só sendo muito panaca mesmo pra nunca ter desconfiado. Pois foi justo atrás de mim que eles pararam.

— Artur!

Ela me tocava o ombro com a mão delicada que muitas vezes sonhando beijei. Era um toque de asa de borboleta, colorida e perfumada. Não consegui continuar escondido. Me virei.

— Artur, este é o Homero, meu namorado. Este aqui é o priminho de quem tenho falado, o Artur.

Levantei pesado, nublado, e dei minha mão para que aquele mastodonte apertasse. Ele sorriu pra mim, querendo ser simpático. Não imagino como estivesse minha cara. Faz Medicina em Uberlândia. Viu só? Faz Medicina em Uberlândia.

Eu não sabia ainda o que deveria fazer. O que se faz numa hora dessas? Eu não entendia quem eu era, ali, de pé, ouvindo a Mari dizer que ele faz Medicina em Uberlândia. Então, por puro constrangimento, desviei os olhos deles e meus olhos andando à toa encontraram os de tia Rute. E eles diziam com imenso orgulho: Viu só, ele faz Medicina em Uberlândia.

Depois da primeira dose de uísque, perdi a conta do que bebi.

# 20
# Enfim, um amigo

Não é uma vaidade inteira, mas é a que me resta. Se eu mesmo não me sinto em vantagem, os outros todos, me olhando, devem estar sentindo um pouco de inveja de mim. A Marília entrou iluminada no galpão, cumprimentou um por um dos empregados e dos convidados, então veio e sentou-se a meu lado. A festa é dela e ela me escolhe para sua companhia. Penso em perguntar pelo Homero, mas fico quieto. Apesar de ainda sentir um pouco de raiva da Marília, sinto medo de desagradá-la.

A fumaça engordurada do churrasco me atiça a fome e me provoca umas lágrimas grossas e quentes. Minha prima pisca um olho com malícia e não tenho coragem de perguntar o que ela quer dizer com aquilo. Será que ela percebia meus sentimentos e fingia nada ver?

— Vamos um pouco lá fora, porque o barulho deste conjunto é um inferno.

Levanto-me e sigo minha prima como um cachorrinho. Sinto raiva de mim. Gostaria de ter a coragem de mandá-la à merda.

— Bem melhor aqui, não acha?

Concordo, que sim, bem melhor, sem barulho e sem fumaça. Então ela me pega pela mão e eu começo a suar.

— Priminho, você já providenciou sua matrícula?

Não ergo a cabeça, meio emburrado. Não queria ficar assim, mas uma coisa mais forte do que eu. Ela me trata como se eu fosse um débil mental: priminho pra cá, priminho pra lá.

— Olhe, Artur, você já perdeu um ano, não vai querer perder outro, vai?

— Você sabe muito bem que depois da doença do meu pai nada mais tem graça pra mim.

— Não, Artur, não é assim. Você está se entregando e eu tenho certeza de que ele não aprovaria seu comportamento.

Sei que não tenho argumento, sei que não estou agindo corretamente, mas preciso carregar os outros pra dentro do meu sofrimento.

— Estou me lixando.

— Priminho, não fale assim. Você tem todo nosso apoio.

Minha gargalhada me assusta, porque é falsa, ridícula.

— Belo apoio, Marília.

— E por que não?

— Ora, Marília, então você acha...

Ela olha para o lado, sorrindo, e se levanta, deixando minha frase pela metade. É o Homero dela que vem chegando. Ele me cumprimenta de longe, fingindo-se amistoso, e os dois entram no galpão. Espero um pouco aqui fora. Não tenho muita certeza se devo ou não entrar também. Posso estar enganado, mas me pareceu que esse Homero sentiu-se enciumado ao nos ver sozinhos aqui fora. Grande panaca é o que ele é.

Do lado de dentro, eles estão fazendo brindes ao sucesso da Marília, que entrou na Arquitetura da USP, em São Paulo. O pai dela, meu patrão, parece que já está meio bêbado. Desde que cheguei ele não para de beber. Os empregados todos estão lá, puxando o saco. Só eu me recuso a participar de uma alegria que não é a minha.

Quem aparece com uma travessa de carne e duas garrafas de refrigerante é o Tadeu. Contei a ele sobre o fogo que amarrei no *réveillon*. Por isso, decerto, que não traz cerveja.

— Como é que é, cara, está sem fome?

— Não aguento aquela fumaça, Tadeu. E esse conjunto aí é muito do ruim. Além do mais, fazer festa no lugar onde a gente entrega a pele no trabalho me parece meio tenebroso.

— Então aproveita que o churrasco está quente ainda. Uns pãezinhos não iam fazer mal nenhum, não acha?

Ele se levanta para buscar os pães. Cara muito legal, esse Tadeu. Fui com a cara dele desde o dia em que nos ajudou na mudança.

Na volta, com o pão, Tadeu comenta que a fumaça tomou conta do galpão.

— Não sei como eles aguentam respirar no meio daquela fumaça.

Sacudo minha concordância com a cabeça. A boca cheia não me deixa falar.

— Você já deu os parabéns pra Marília?

Depois dos brindes e vivas, fizeram fila, maior desfile pra cumprimentar minha prima.

— Tem tempo. Não tenho muita vontade de entrar lá.

— Seu tio podia ter escolhido um lugar melhor, não acha?

— Tio, não, ex-tio. Agora ele não passa de meu patrão. É assim que ele me trata e é assim que eu correspondo.

— Problemas, Artur? Se não quiser, não conte nada.

Tenho a boca leve e muita falta de amigos. Não resisto e conto tudo por que passei desde que chegamos a São Joaquim. Minha esperança de continuar estudando no período diurno, como em São Paulo, quando meu pai ainda estava bem.

— E vocês têm tido notícias dele?

— Minha mãe esteve lá poucos dias antes do Natal. O médico que começou tratando dele não está mais, e o novo médico, sei lá, a gente não conhece. Mas meu pai está na mesma.

— Deve ser muito duro, aguentar tudo isso.

— Morro de saudade, cara. Ele era muito legal comigo.

— Ainda bem que vocês têm a família do seu Leonardo, que apoia vocês.

— Antes fosse.

— Como assim?!

— Aquela megera da mulher dele, a tia Rute, outro dia só faltou dizer que estava na hora de desligar os aparelhos que mantêm meu pai vivo.

Nós dois passamos um tempo mastigando e ouvindo o som estridente que o conjunto contratado por eles produz. É a grande festa para a filha que entrou na faculdade. Dizem que aqui todo o mundo faz isso. Assim que posso, jogo no Tadeu minha pergunta:

— Você concorda com a eutanásia?

Ele parece assustado.

— Por que essa pergunta?

— Sei lá, preciso saber se eu é que estou errado, se a razão está do outro lado. Eu fico confuso com tudo isso.

— Olhe, Artur, nunca pensei muito no assunto, mas me parece que dependendo da situação até se pode concordar.

— Assim como o caso do meu pai?

— Não, claro que não. Mas eu acho que se é uma pessoa muito velha, já no fim da vida, ou uma pessoa em estado terminal, sem a mínima esperança de continuar uma vida normal, e se essa pessoa está sofrendo alguma coisa acima de suas forças, sei lá, mas eu acho que a família tem o direito de autorizar a eutanásia.

Não gosto do que ele diz.

— Pois eu não concordo. Acho que em situação nenhuma alguém tem o direito de decidir sobre a vida de outra pessoa.

— É, isso é um assunto difícil de se chegar a um acordo. O sofrimento desnecessário é que me parece menos humano. Pelo que você me conta, não é o caso de seu pai, que nem consciente está.

A Marília aparece na porta do galpão e nos convida a entrar. Está todo o mundo dançando, ela diz, e as meninas perguntaram por vocês. Não tem outro jeito, vamos mergulhar naquela fumaça.

# 21
# Uma bicicleta

O tempo virou de repente e a chuva nos pegou subindo pela rua São Paulo. Não fosse o salário inteiro no bolso, um banho de chuva me aliviaria do calor indecente que tanto me humilha nesta caldeira do inferno. Às vezes estou me desmanchando em suor e eles daqui sequinhos como anjos no paraíso. Não me conformo. Minha mãe promete, vive prometendo, que a gente acaba se acostumando também. Pode ser. Ainda não me acostumei. O Tadeu corria na frente, ele que conhece as proteções. Antes um pouco da praça da Matriz, nos enfiamos em um bar um pouco escuro para a hora e, como era dia de pagamento, resolvemos tomar qualquer coisa. Qualquer coisa, aqui, significa cerveja. Ele pediu uma e eu pedi um refrigerante.

— Ei, Artur, não é porque amarrou um fogo um dia que você nunca mais vai tomar uma cerveja. Corta essa, cara. Oh, Paulinho, suspende o refrigerante.

Talvez ele tenha razão, por isso fico quieto. Mas hesito um segundo porque a decisão de aceitar me assusta e, na boca, a lembrança do *réveillon* é uma saliva grossa e amarga, uma lembrança amarela. Além disso, preciso cumprir minha promessa de entregar o salário inteiro à minha mãe. Então, parece que adivinhando meus pensamentos, ele acrescenta:

— Hoje é tudo por minha conta.

— Negativo, você não tem o direito de fazer isso comigo.

— Claro que tenho. Ou você acha que eu também não mereço uma festa?

Apenas ergo as sobrancelhas, sem entender.

— Minha festa, garoto, entrei na Unesp de Franca. Meu nome saiu na lista. A Rosa conferiu pra mim na Internet.

Fico realmente muito feliz com a notícia porque gosto deste cara. Me levanto e dou um abraço nele, cheio de meus parabéns. Ele enche os copos, deixando dois dedos de colarinho, e brindamos a seu futuro.

— E você — ele me encara sério —, fiquei sabendo que você abandonou a escola.

— Ah, não, Tadeu, sem essa de sermão.

— Sermão, porra nenhuma. Mas acho que foi panaquice sua.

Repito toda a história da minha vida, que é uma história pequena, segundo minha mãe, mas que me parece do tamanho da eternidade. Falo da Marcela, da dona Ester, da saudade que sinto de gente como o Ricardo, amigo de escola. Não esqueço de falar sobre o Reinaldo, cracão de bola, e de toda a turma do Olaria. E agora, o que me resta?

— Quando seu Leonardo...

— Como "seu" Leonardo? Ele não é seu tio?

— Já te falei. Hoje é só meu patrão. Quando nos convidou para morar aqui, pensei que fosse manter tudo o que eu tinha em São Paulo. Um dia, me chama na casa dele e decreta: você tem de começar a trabalhar.

— Você é um bosta, Artur. Você acha que eu comecei a trabalhar quando? No oitavo ano já fui estudar à noite pra ajudar em casa. E passei sem Cursinho, cara. Sabe por quê? Botei na minha cabeça que pra melhorar de vida ou virava bandido ou me formava. Como não tenho vocação nenhuma pra ser bandido, resolvi me formar.

Ele toma um meio copo de cerveja de uma só vez. Acho que ele também fica emocionado. Então recomeça:

— Você me via por aí curtindo a noite com a rapaziada? Não perdia aula à toa, não. E em final de semana, raramente saía de casa. Mas cheguei lá. Cheguei aonde eu queria.

A cerveja acabou e a chuva está parando. Tadeu me olha com malícia:

— Vai mais uma?

Ergo os ombros, com medo de dizer não. Eu sempre assim, evitando uma posição definida. Apenas ergo os ombros. Ele pisca então, sorrindo.

— Tudo tem medida certa, garoto. Eu também não sou de encher a lata, não. Além do mais, a chuva já parou.

Ele pede a conta.

— E agora, quais são seus planos para o futuro?

— Olhe, pra falar a verdade, com a minha mãe trabalhando e com o que eu ganho estou pensando em comprar uma bicicleta.

Ele me dá um tapa na cabeça.

— Ah, vai-te à merda! — e saímos dando risada.

# 22
# Ainda é possível sonhar

Aí outra coisa que vim aprender aqui: o ano tem duas estações, a estação da seca e a estação das águas. Quando outro dia comentei que não parava de chover, o seu Pérsio me explicou. Estamos nas águas, ele disse. E a voz dele, envelhecida, me pareceu meio molhada. Pra falar a verdade, prefiro morrer afogado a derreter no calor. E o mês de janeiro passou embarrado e vermelho, mas pelo menos não me matou. Tenho conversado muito com o Tadeu. Depois daquela tarde em que tomamos juntos um copo de cerveja lá perto da praça, ganhei a confiança dele e já sei quase toda sua vida. É um sujeito muito legal. Meio caxias demais pro meu gosto, mas um cara em quem a gente pode confiar.

Sentado aqui na varanda posso descobrir o mundo. Ele estava dentro de mim, mas escondido. Agora estou acabando de descobrir a chuva. Ela brilha e faz tudo ficar vivo. Quando a Marília chegou, há uns cinco minutos, não me levantei, como a tonta esperava. Ela que veio até aqui e me deu um beijo na testa: Boa tarde, priminho. Veio se despedir porque as aulas já vão começar. Já descobri minha prima também. Gosta de me chamar de priminho. Mas não estou mais magoado com ela — o besta fui eu.

Marília foi para a cozinha com minha mãe, que está fazendo bolinho de chuva. Também descobri que café com leite, quente, e bolinho de chuva, num dia como hoje, dá sentido à existência. As duas estão conversando sobre meu pai. A priminha conta que seu pai concorda com a nova cirurgia, proposta pelo dr. Galdino Ribeiro, e que até já conversou com o médico. Não me levanto para ficar lá ouvindo a conversa, pedindo todos os detalhes. Minha mãe me conta tudo depois.

Olho as duas arrumando a mesa aqui da varanda — toalha xadrez, bolinhos e café com leite — e descubro outra coisa: a vida é um carrossel que não para de girar. Tudo muda de forma e de lugar e se a gente não presta muita atenção, não percebe o que acontece. Agora mesmo olho as duas, que me convidam para tomar café e penso que são as duas mulheres da minha vida. Há muito pouco tempo estava apaixonado por uma e odiava a outra. Duas, três voltas do carrossel e as posições quase se inverteram. Minha mãe nunca foi tão minha amiga como de uns tempos pra cá. Em compensação, a Marília não me diz mais nada: é uma priminha.

— Senta, priminho. Nós precisamos conversar.

O jeito dela me assusta, será que... bobagem. Sento apenas, sem nada na cabeça.

— A última vez que falamos de escola, Artur, você me pareceu muito amargurado. Não insisti no assunto porque entendia sua situação. Aliás, ainda entendo, porque a situação não é muito diferente. Priminho, não jogue fora seu tempo, seu futuro, não decepcione sua mãe.

— E quem foi que disse que eu estou jogando meu tempo fora?

— É que semana que vem as aulas recomeçam e você pode muito bem estudar à noite. Conheço muita gente que fez isso. É uma frase meio boba, eu sei, mas a vida tem altos e baixos.

— Ih, Marília, acho que você chegou atrasada com seu discurso.

Minha mãe, que sabe de tudo, disfarça um sorriso que me comove. A Marília me olha espantada.

— Já estou matriculado no noturno, se você quer saber. Decidi isso no dia em que fui o único convidado para a festa do Tadeu.

— Festa do Tadeu?!

— Não sei se você sabe, mas ele entrou na Unesp de Franca, e nós dois tomamos uma cerveja em homenagem à vitória dele.

Conto isso com um certo gostinho de vingança descendo com o café quente. Ele, sim, trabalhando do jeito que trabalha, merecia um churrasco do tamanho da cidade.

— Ah, seu maroto, e você não conta nada pra gente!

Ela se levanta e eu me deixo abraçar, sem mais emoção do que o sentimento de ter fincado um espinho no pé dela. Não sou tão besta de querer mal à minha prima, isso não. Acho até que devo alguma gratidão a ela e a meu tio, pelo que estão fazendo por nossa família. Mas a verdade é que o papo dela era muito mais de tia do que de prima. Dois anos mais velha do que eu e pensa que sou um panaca precisando de conselho.

Amanhã, se parar de chover, vou dar umas pedaladas por aí. Preciso conhecer melhor esta cidade.

# 23
# Ela é demais

Atravesso o pátio desviando-me de risos e conversas e sigo as setas com o número da minha sala: 1A. Ainda não sei se este A é de adiantado ou de Artur. Preciso descobrir. Agora preciso descobrir o funcionamento da escola, as cercas, suas portas. Tenho de me descobrir de novo num mundo que não conheço. Entro na sala e não sou o único forasteiro: há uns dez panacas como eu sentados e olhando na direção da porta. Ninguém fala. Estamos todos um pouco assustados porque é o primeiro dia de aula e não temos conhecimento com gente da casa. Pelo menos não me sinto tão sozinho, com aquela cara de peixe em aquário. Ninguém presta atenção em mim e me distraio tentando adivinhar o sexo do próximo a entrar pela porta.

Tento fugir da ansiedade do primeiro dia e me afundo em outra, ainda pior: faltam só dois dias para a nova cirurgia de meu pai. Resolvemos lá em casa que só minha mãe vai a São Paulo. Para os dois ficaria muito complicado. Como ela é quem pode assinar o que for preciso, me conformei com a decisão.

Toca o sinal e confiro no relógio: sete horas. A zoeira do pátio aumenta um instante e perco minhas contas porque não para de entrar gente na sala. Elas se apertam, na porta, se empurram, se gritam com os cotovelos e não param de entrar. Nem uma única fisionomia onde possa me reconhecer habitante desta cidade, aluno da Fundação, onde possa descobrir algum vestígio de mim mesmo. Em menos de dois minutos não há carteira vazia na sala e o pátio caiu noturno, silencioso.

Alguns poucos colegas ainda falam, mas a maioria fixa a porta, na expectativa de quem vai ser o primeiro professor. Olho em volta, disfarçadamente para que não me percebam. O que vejo são rostos concentrados, um pouco endurecidos pelo dia cansativo e algumas testas suadas, como a minha. Hoje não choveu e isso é sinal de que tenho de economizar movimentos para não me liquefazer.

Os professores passam em bando barulhento, desejando-se boa aula uns aos outros. Todos os alunos da sala se voltam para a porta quando entra uma mulher, quer dizer, uma moça, sei lá, um ser fugido de alguma capa de revista.

Ela entra sorrindo porque se sente acariciada por nossos olhares de basbaques. Vai até a mesa e mesmo antes de largar seus teréns e livrar as mãos, olha por cima de nós e nos cumprimenta:

— Good evening, my children!

A voz dela tem uma melodia estranha que me hipnotiza pelos ouvidos, uma coisa que não sei explicar. Pega um giz e, sem parar de falar, escreve seu nome na lousa. Acho que nunca mais na vida vou esquecer a graça com que ela se move, como se a frente da sala fosse um palco e ela, uma bailarina.

— My name is Miss Flora Dorneles and I think you already know I'm your English teacher.

Ela sorri da própria redundância e apenas eu respondo com uma sonora gargalhada que me faz vermelho e sem graça. Ela me olha, como todos, nesta sala, e se dirige a mim. Não consigo de imediato entender o que ela diz. Meus ouvidos criam sirenes inexistentes que me arranham e machucam.

— I beg your pardon — consigo finalmente dizer.

— O-lá-lá! Finally I meet a student who speaks English!

A esta altura não tenho mais controle de meu coração, de minha cor, de minha voz. Não sei como ainda consigo ouvir e falar. Isso está totalmente fora de meu controle.

— What's your name, my dear boy?

— My name is Artur.

Imagino quarenta a quarenta e cinco olhares curiosos, invejosos, raivosos em cima de mim. Eu tinha esquecido que, em geral, aluno de noturno trabalha durante o dia e que não faz, como já fiz, cursos paralelos de inglês.

Miss Flora deve ter percebido meu constrangimento e me larga de mão. Começa a conversar com outros alunos, misturando português e inglês, de acordo com a necessidade. Ela explica alguma coisa que ainda não consigo entender, impedido pelas buzinas que me atormentam os sentidos, e duas meninas que sentam na frente começam a distribuir umas folhas com um texto.

Me custa algum tempo fixar os olhos e conseguir ler. É um texto fácil, mas as palavras não paravam de dançar. Aos poucos meu coração volta ao normal, sem a selvageria destas pancadas no vazio da minha cabeça. Finalmente espio as redondezas e descubro que ninguém está olhando pra mim. Respiro fundo, estabilizo o ritmo da minha circulação.

Miss Flora continua explicando o que se deve fazer com esta folha e pede a alunos da frente para começarem a ler. Aqui do meio não ouço quase nada,

a não ser as correções que ela faz. Meu Deus do céu, mas como ela é linda! De vez em quando olha pra mim e sorri: acho que foi com a minha cara. Não se mostra contente com o resultado da leitura de meus colegas. Sacode a cabeça e seus cabelos, esvoaçando, entram por meus olhos, perturbam minha visão.

Ela está olhando pra mim, mas não me encabula como ainda há pouco. E fala, e quando fala é como se um bando de rouxinóis se pusessem a cantar.

— Artur, can you read, please?

— Yes, madam.

Termino de ler a página toda e o silêncio da classe me transporta até os olhos de Miss Flora, que me lambuzam de seu mel, que me fazem o coração bater como doido, descontrolado.

— Thank you, Artur. You can read very, very well.

Outros alunos, que ela escolhe a esmo, são convidados a ler. A cada frase, suas correções e seu ar de profundo desagrado.

Então toca a campainha. Ela se despede e sai. Meus colegas, imediatamente, se levantam e começam a conversar alto, alguns saem para o pátio e outros formam grupinhos dentro mesmo da sala. Eu continuo algum tempo sentado, sem me sentir, confuso, sem saber o que pensar. Acho que mais uma vez estou apaixonado.

# 24
# Na rodoviária

Minha distração é ilha pequena, que passa pela janela como vertigem, então o verde indeciso de um canavial monótono volta a correr ao lado do ônibus, devolvendo-me a mim mesmo. Relaxo, pois nada mais posso fazer senão esperar: meu corpo enterrado neste banco. A correria, as urgências, o arrependimento por não ter nascido com asas, deixei tudo na rodoviária. No momento em que embarquei, nada mais dependia de mim.

Eu estava lixando uns pares de sapato que tinham sobrado de ontem, porque agora não fico um minuto a mais depois da hora. Sei que não é todo dia que temos aula de inglês, mas quando a gente se cruza no pátio, ela faz questão de me cumprimentar:

— Good evening, Artur.

Só isso, não preciso de mais nada. Fecho os olhos pra dormir e ela chega muito perto de mim, chego a sentir o perfume do hálito dela: Good evening, Artur.

Três pares, coisa de dez minutos, e os olhos dela dançavam na lixadeira. A Rosa chegou por trás de mim e me chamou, quebrando meu encanto.

— Artur!

Olhei pra trás, assustado.

— Telefone pra você.

Desliguei a máquina. Uma vertigem que subiu das pernas, era uma vertigem?, me afrouxou a bexiga e os intestinos. Não sei o nome do que eu sentia.

Era uma intuição, um palpite, uma premonição ou um pressentimento, sei lá, acho que apenas uma esperança. Mas também um medo. Medo medonho, medo que me travou. Eu olhava pra Rosa com vontade de vomitar. De medo. Acho que ela percebeu meu pânico.

— É sua mãe.

Aquela informação não me ajudou muito. Que era minha mãe eu já sabia. Quem mais telefonaria pra mim a uma hora daquelas? Vencido o choque, joguei tudo no chão e saí correndo.

Estamos descendo o declive de Orlândia, e o ônibus corre como eu gosto. Passou por um fusquinha, ali atrás, como lebre por tartaruga.

Outro dia, na semana passada, precisei de um pedaço de correia pra consertar uma outra quase nova, que tinha arrebentado, e fui procurar no galpãozi-

nho, como eles chamam. Lugar escondido por trás de tudo, onde se guardam as tranqueiras. Abri o imenso portão de duas folhas de madeira e a noite me engoliu. Fui entrando devagar, enquanto a vista se acostumava com aquela escuridão, até encontrar o interruptor. Quem eu vejo? O Gol de meu pai, disfarçado por baixo da poeira, sujo, vermelho, parado de tão morto.

Mais umas quatro horas, só. Minha mãe disse que me esperava na rodoviária. Devemos chegar no início da tarde e o trânsito ainda não está complicado. Meu braço ainda arde um pouco, mas estou ligando a mínima pra ele.

Na afobação com que corri, tropecei na escada, me estirei de corpo inteiro no piso do escritório e esfolei o braço direito. Acha que eu ia ter paciência pra passar em farmácia? Eu não. Podia perder o ônibus.

Quando finalmente consegui dizer alô, ela desandou num choro histérico, gemido, tão terrível que eu comecei a tremer, e era um tremor descontrolado, do corpo e da mente, sem pensamento nenhum além de que eu tinha perdido meu pai. Comecei também a chorar desesperado até que do fundo da minha baba subiu um uivo inumano e aguado:

— Mãe.

Meu ouvido tateava em volta, atento, sem perder um só detalhe. Ela demorou-se alguns segundos em silêncio. Por fim, ouvi claramente quando assoou o nariz e disse:

— Ele abriu os olhos, Artur. Ele abriu os olhos. Ele abriu os olhos e sorriu para mim.

Minha mãe disse que me esperava na rodoviária e que eu não perdesse tempo. Ela ria, me chamava de meu filho e dizia que era feliz.

Bate-papo com

# Menalton Braff

*A seguir, conheça mais sobre a vida, a obra e as ideias do autor de* A esperança por um fio.

Roseli Braff

NOME: **Menalton João Braff**
NASCIMENTO: 23/7/1938
ONDE NASCEU: Taquara (RS)
ONDE MORA: Serrana (SP)
QUE LIVRO MARCOU SUA ADOLESCÊNCIA: *Olhai os lírios do campo*, de Érico Veríssimo.
MOTIVO PARA ESCREVER UM LIVRO: o desejo de criar linguagem e recriar o mundo.
MOTIVO PARA LER UM LIVRO: fruir a linguagem e a arte de dialogar com o mundo.
PARA QUEM DARIA SINAL ABERTO: o casal Marie e Pierre Curie.
PARA QUEM FECHARIA O SINAL: George Walker Bush.

# Escrever para estar em comunhão com o mundo

O escritor **gaúcho** Menalton Braff é **professor de literatura** e vive em Serrana, cidade-satélite de Ribeirão Preto, São Paulo. Deixou o Rio Grande do Sul em 1960, quando, por motivos políticos, se viu **obrigado a sumir** de circulação. Mais tarde veio parar na capital paulista, trocada depois pela pacata cidade do interior. Em 2000, ele ganhou o Jabuti — o mais importante **prêmio** de literatura do país — com o livro *À sombra do cipreste*. A partir daí, todos queriam conhecê-lo.

Menalton já tinha outros livros publicados, só que com o **pseudônimo** de Salvador dos Passos, nome de seu bisavô. Rapidamente, conquistou inúmeros **leitores e admiradores**, entre eles os escritores Ignácio de Loyola Brandão (que declarou: "Admiro este homem raro porque ele é uma estrela maior da literatura") e Moacyr Scliar: ("... a **inquietação** suscitada por suas belas histórias, que nos levam a procurar caminhos ali onde os **verdadeiros caminhos** sempre estiveram: dentro de nós mesmos").

Para saber um pouco sobre o que pensa e o que faz este escritor tão elogiado, leia a entrevista a seguir.

**Você dedica este livro ao escritor Ignácio de Loyola Brandão e escolheu uma frase dele para a epígrafe. Por quê?**
O Loyola, um dia, descobriu que era portador de um aneurisma. Sofreu uma cirurgia delicadíssima e relatou tudo isso — a preparação, a proximidade da morte, a recuperação — em um livro fabuloso, de alta qualidade literária e profundo conteúdo humano, que é *Veia bailarina*. A ideia do aneurisma me veio do livro do Loyola. Então tratei de pesquisar o assunto. Livros e médicos tiveram de suportar minha ignorância inicial da matéria.

**Na história, Artur se desespera com a repentina doença do pai. Pela lei natural da vida, os pais morrem antes dos filhos, mas é sempre uma experiência dolorosa.**
É insolúvel. O [poeta Carlos] Drummond [de Andrade] chegou a propor um decreto em que “Mãe não morre nunca,/ mãe ficará sempre/ junto de seu filho/ e ele, velho embora,/ será pequenino/ feito grão de milho”.

**A crítica elogia muito sua obra para adultos. Este é o seu primeiro livro para jovens. O que o levou a escrever para esse público?**
Eu trabalho diariamente com jovens: sou professor de literatura no ensino médio. Faz bastante tempo que sentia a tentação de mergulhar no mundo adolescente. Um dia me senti desafiado e comecei a escrever este livro.

**E como foi falar para os adolescentes?**
Foi uma experiência que me deu muito prazer. É claro que conviver com jovens foi fundamental para estabelecer linguagem, padrões de comportamento etc. Mas busquei também, dentro de mim mesmo, o adolescente que um dia fui.

**Como era ser adolescente na sua época?**
Em essência, era como ser adolescente hoje. Idade de definições, de escolhas, algumas bastante difíceis. Algumas diferenças, entretanto, são evidentes. O mundo era outro, o sonho era possível, éramos mais generosos, mais solidários. Tenho notado, entretanto, que o comportamento dos jovens vem se transformando no sentido de um posicionamento mais firme a respeito de questões importantes da vida social.

**Artur pensa que a mãe não compartilha de sua dor na doença do pai. O que provoca**

**esse julgamento equivocado de Artur?**

A mãe quer demonstrar força, firmeza. Ela procura esconder do filho seu abatimento. Prefere sofrer sozinha para não aumentar o sofrimento de Artur. Esse comportamento é que induz ao erro. Outra razão é Artur não ter tentado esclarecer a atitude da mãe, ou seja, a falta de comunicação entre eles acaba reforçando essa ideia equivocada.

## O perigo que mora dentro da cabeça

Uma artéria do cérebro se dilata de forma anormal, podendo romper a qualquer momento. Essa é a definição mais básica de aneurisma cerebral, a doença que leva o pai de Artur a entrar em coma. Os médicos comparam o aneurisma às irregularidades na câmara de um pneu, que fica frágil e pode furar com mais facilidade. Ele pode ser congênito (a pessoa já nasce com o problema), causado por predisposição genética (quando há outros casos na família), ou motivado por outros problemas, como pressão alta, colesterol, diabetes e fumo. Os principais sintomas são dor de cabeça muito forte, muitas vezes acompanhada de vômito e perda da consciência.

**Artur tem de enfrentar muitos problemas, como mudar de cidade, deixar a escola, os amigos. Você já viveu situação semelhante?**

Sim, vivi. Mas já era adulto. Na minha infância, mudei muitas vezes de cidade, mas acompanhando a família, que se mudava por questões profissionais. No início da maturidade, contudo, fui mais ou menos arrancado à força de meu ambiente por não concordar com certas formas de governo instauradas no Brasil.

**Como Artur, muitos jovens precisam estudar e trabalhar ao mesmo tempo. Você também passou por isso?**

No período em que cursava o colegial, não. Mas quando entrei na faculdade tive de arcar com meu próprio sustento. E juro que saí inteiro da experiência.

**Artur fica indignado ao ouvir a tia falar em eutanásia. Qual é a sua opinião a respeito?**

É muito difícil ter uma posição rígida em relação a um assunto como esse, pois é polêmico. Acho, entretanto, que não se pode estabelecer um comportamento único sem avaliar as peculiaridades da situação. Existem situações em que, por seu caráter definitivo, irreversível, a eutanásia pode ser um ato de caridade. Não sendo assim, com certeza é crime.

**Quando foi seu primeiro contato com a literatura?**
Comecei lendo, com cinco anos, *O guarani*, de José de Alencar. Foi meu primeiro contato com a literatura. Calma! Não é mentira. Na década de 1940, quando isso aconteceu, existia uma coleção — Edições Maravilhosas — que transformava textos clássicos em histórias em quadrinhos, a bico de pena. Tenho ainda hoje na memória quadros com o Peri lutando contra a onça, abatendo uma ave, segurando a rocha.

**Você começou a ler cedo, não? Ou esses quadrinhos não tinham texto?**
Tinham texto, sim. Os quadrinhos vinham com balões de fala. As palavras escritas me fascinavam tanto que, só de ver uma irmã mais velha estudando, aprendi a ler.

**Sobre o que você gosta de escrever?**
Quanto à matéria sobre a qual escrevo, existem basicamente duas: aquilo que me encanta e aquilo que me incomoda.

**O que encanta ou incomoda você em *A esperança por um fio*?**
Os equívocos de avaliação que resultam em injustiças, isso me espanta e incomoda. Mas me encanta porque nos faz refletir sobre os julgamentos fáceis, unilaterais. Outra coisa que me encanta no *Esperança* é ela mesma, a esperança, é a decisão de Artur de manter-se fiel à vida, fiel ao pai. Claro que o momento que me emociona sempre é aquele encontro entre mãe e filho.

**Um escritor já nasce com esse dom?**
Acho que quase todo mundo nasce com algum talento, as pessoas vivem contando histórias. As que procuram desenvolver, essas vão ser escritores.

**The book is in your hands**

Artur fez aulas de inglês e é o único que consegue responder às perguntas da professora na nova escola. O inglês é uma língua indo-europeia da família do alemão. Deriva de três dialetos do chamado "baixo alemão", usados por grupos que imigraram da Dinamarca e da Alemanha para a Inglaterra a partir do século V. É falada em diversos países de todos os continentes, mas, acima de tudo, é a língua oficial do turismo, do comércio internacional e da Internet.
O vocabulário da língua inglesa foi enriquecido com os autores da literatura do período renascentista, sendo William Shakespeare (1564-1616) o mais conhecido deles.

## *Obras do autor*

### PELA EDITORA ÁTICA

*Antes da meia-noite* (juvenil, 2007)

### POR OUTRAS EDITORAS

*Janela aberta* (romance, 1984)
*Na força de mulher* (contos, 1984)
*À sombra do cipreste* (contos, 1999)
*Que enchente me carrega?* (romance, 2000)
*Castelos de papel* (romance, 2002)
*Na teia do sol* (romance, 2004)
*Como peixe no aquário* (juvenil, 2004)
*Gambito* (infantil, 2005)
*A coleira no pescoço* (contos, 2006)
*A muralha de Adriano* (romance, 2007)